LE DÉPART DE LONDRES,

ou

TRIBUT DE RECONNAISSANCE, REMERCIMENS, ET DERNIERS ADIEUX

D'UN VRAI ROYALISTE,

A la haute et petite Noblesse des trois Royaumes réunis de la Grande-Bretagne, de même qu'à toutes les personnes des deux Sexes des différentes classes, qui, pendant dix-sept, à dix-huit ans, ont bien voulu honorer l'Auteur de leur gracieuse souscription, dont la liste ci-jointe.

ÉLÉGIE

En vers de longue mesure, à laquelle sont adaptées les circonstances intéressantes du départ du Roi de la capitale, celles de son arrivée à Douvres, son débarquement à Calais, les exultations de ces deux ports, celles de Paris, à sa rentrée triomphale dans cette ville; l'anecdote, si chère à la France, du mariage de S. A. R. Monseigneur le Duc de Berri, avec S. A. R. Madame la Princesse Caroline de Naples; les démonstrations de joie des habitans de *Fontainebleau*, à cette occasion, celles du faubourg Saint-Antoine, au retour du Roi au Palais des Tuileries, etc. etc.

Cette Élégie, ornée de notes et d'anecdotes historiques et politiques, et en tête de laquelle se trouve une adresse très-étendue aux Français, et à la Nation française en général, est suivie de deux autres pièces de poésie extraites d'un Ouvrage en prose, et en vers; la première, intitulée : *la Carcasse, ou Charpente de Woolwich,* envoyée, par le Régent d'Angleterre, à Sainte-Hélène, pour servir de construction à l'habitation du ci-devant consul de France; et l'autre, ayant pour titre : *Wellington* (sous le nom d'Arthur) *et Blucher, aux prises avec Napoléon,* etc. Ouvrages imprimés à Londres, *la Carcasse,* etc., en janvier, 1816, et *le Départ de Londres,* etc., en novembre de la même année, ce dernier, considérablement, augmenté, à Paris, et réimprimé dans cette ville. L'Auteur s'est permis d'y joindre quelques vers caractéristiques, propres à figurer au bas du portrait saillant de S. A. R. Monseigneur le Duc d'Orléans. On trouvera aussi à la fin de ces Ouvrages une ample et exacte description des réjouissances, et des illuminations qui eurent lieu à Londres à l'occasion de la Paix.

A PARIS,

DE L'IMPRIMERIE DE J. G. DENTU.

Avril, 1817.

ADRESSE AUX FRANÇAIS

ET

A LA NATION FRANÇAISE, EN GÉNÉRAL.

FRANÇAIS de tous les rangs, de tous les états, et de toutes les conditions, par ainsi, Français, tous autant que vous êtes ; mais, sur-tout, ô vous ! loyaux Français, et Français incorruptibles, ou qui témoins et compagnons, inséparables des humiliations, et des infortunes d'un Monarque aussi religieux que grand dans l'adversité, et digne d'un meilleur sort, les partageâtes avec Lui dans tous les cas, comme dans toutes les circonstances, ou vous-mêmes, Français, plus dignes de pitié que de nos reproches, et Français peu répréhensibles qui, en attendant des temps plus heureux, n'avez servi sous les bannières de l'usurpateur que malgré vous, que pour sauver et vos jours, et les jours de vos épouses chéries, ceux de vos enfans et de vos proches, que pour leur ménager une faible et modique portion de l'héritage de vos pères, et que dans l'intention bien prononcée, au fond de votre âme, de déserter ces mêmes bannières, pour suivre, en triomphe, celles de votre Roi, à ce moment désiré, que le Ciel, dans ses décrèts éternels, aurait préparé, aurait déterminé, pour ce glorieux évènement, vous, dis-je, qui, le colosse abattu, ses aigles chétives foulées aux pieds (1), n'eûtes rien plus à cœur, soit que de vous dépouiller de ses décorations, par vous méprisées en secret, soit en les retenant, à la suite de la volonté et de l'autorisation d'un Souverain inaccessible à la vengeance, que dans l'attente

---

(1) On sait ce qui s'est passé à Marseille, à cet égard.

d'en voir bientôt se ternir, et s'éclipser le morne éclat,
par l'éclat imposant de celles de nos SAINT-LOUIS, et
de nos HENRI IV, précédemment à vous accordées, par
leurs dignes Successeurs, et leurs Successeurs légitimes,
comme des marques distinctives, attachées au vrai mérite, comme de justes récompenses de vos anciens services, et des trophées dûs à votre loyauté, et à votre
entier dévoûment à leur Personne sacrée, en un mot,
comme autant de témoignages éclatans de votre bra-
voure, et de vos vertus reconnues. Et vous enfin, Français, qui, tout ainsi que les premiers, inviolablement,
attachés à votre Roi, et à la cause des Rois, n'avez pu,
par rapport aux circonstances, que vous apitoyer sur
leur sort, que les plaindre, et que regretter, soit sous
vos lambris dorés, soit dans vos humbles chaumières
leurs règnes paisibles ; en un mot, vous-mêmes, soldats
égarés, soldats pusillanimes et autres, de toutes les classes, dont nous ne pouvons que déplorer l'aveuglement,
et les erreurs, vous, dis-je, qui, trop malheureusement,
dévoyés, séduits et corrompus, après avoir suivi le
torrent, et vous être livrés à des excès, plus ou moins cri-
minels, êtes, finalement, revenus, ou reviendrez, sans
plus attendre, au bercail, oui, c'est à vous, et c'est
à vous tous, et sous les auspices de vous tous, comme
sous les auspices de l'Europe entière, que nous nous
permettons d'offrir, et d'adresser, par le présent Ouvrage,
ce juste tribut de reconnaissance à une Nation géné-
reuse qui, dans tous les temps, rivalisa la vôtre ; sentiment, sans doute, que vos cœurs non moins généreux
ne hésiteront pas de partager, d'approuver et d'accueillir,
pour en avoir, ainsi que nous, expérimenté les faveurs
sans nombre et les bienfaits les plus signalés, pour avoir,
ainsi que nous, vérifié l'empressement peu commun
qu'elle y a mis à nous recueillir, à pourvoir à nos be-
soins, à nous sauver, que dis-je ? à vous venger, à vous
rendre une patrie, en un mot, à rendre à ses foyers

chéris, à ses foyers gémissans, et à la France or-
pheline, un Roi débonnaire et magnanime, un Père
aussi tendre, que compatissant, lequel cette même
Nation, en reconnaissant, en appréciant ses talens et
ses vertus, n'a pas moins aimé, moins considéré, et
moins respecté que le Sien propre, pas moins que le
bon, le bienfaisant Georges III, qui, tout ainsi, que
celui qui fait, aujourd'hui, le bonheur et les délices de
la France, continuerait à faire le bonheur, et les délices
de la Grande-Bretagne, si le Ciel ne l'avait réduit à un
état aussi pitoyable, sans espoir, hélas! de voir jamais
s'améliorer une situation aussi pénible pour lui, qu'elle
est douloureuse, et affligeante pour sa famille, et la
Nation entière.

Oui, Français (et nous ne balançons pas de vous en
faire l'aveu sincère,) le regret dont nous avons été pé-
nétrés, en nous séparant de cette terre hospitalière, a
été le plus vif, et le plus illimité.

Dix-sept, à dix-huit années consécutives, comblé des
bienfaits de la Nation britannique, il y aurait eu, de
notre part, une espèce d'ingratitude, si, en lui faisant
nos derniers adieux, nous ne lui eussions exprimé et
notre douleur et nos sentimens internes, tels qu'ils le
sont, dans notre Elégie, et tels que nous les lui devions,
à tous égards : ah! Français, justes, et reconnaissans,
comme vous l'êtes, pourriez-vous ne pas approuver,
ne pas autoriser et cette même douleur, et ces sentimens internes? Eh! Quel est l'individu qui a résidé
parmi ses habitans, qui, comme nous, a appris à les
bien connaître, qui s'en soit séparé de gaîté de cœur?
Et le ROI Lui-même, en quittant l'Angleterre, l'a-t-il
quitté, sans en ressentir quelque peine, j'ose ajoûter,
sans en sentir une espèce de tristesse? Et peut-être, oui,
peut-être (tranquille, comme il y était, chéri, et révéré
comme il y était), n'aurait-il jamais consenti à s'éloigner
de l'Angleterre, si sa tendre affection pour ses ouailles,

si le désir de leur faire oublier leurs souffrances et leurs calamités de vingt-cinq ans, et plus, celui de les dédommager; par tous les moyens qui sont en son pouvoir, en un mot, si celui de faire leur bonheur, ne l'avait engagé à céder aux vœux, comme aux instances réitérées de tout un peuple qui le redemandait, à cor et à cris, et en qui, en véritable *Père*, en *Père*, jusqu'aux larmes attendri, il ne voyait que des *enfans* égarés, qu'autant d'*enfans prodigues*, auxquels (à l'exemple de celui dont il est parlé dans nos écritures saintes,) il ne cessait, tout éloigné d'eux qu'il était, de tendre, et d'ouvrir ses bras les plus affectueux.

Aussi puisse le Dieu de paix, oui, puisse-t-il, à nos prières, et aux prières réitérées de la France entière, en conservant, longues années, le plus digne et le plus clément des ROIS, répandre sur Lui, sur elle, et sur tous ceux qui l'habitent, autant et plus de bienfaits signalés, autant, et plus de bénédictions célestes qu'ils n'ont enduré de maux et de calamités de toute espèce, sous un règne, hélas! dont le souvenir odieux ne manquera pas, en cimentant, parmi ses sujets, l'heureuse concorde, et la douce harmonie, de raffermir sur une bâse plus ferme et plus inébranlable que jamais, le plus beau, comme le plus puissant de tous les Royaumes qui existent!!!

Tels sont, et tels seront, sans relâche, les vœux ardens que, pour son ROI, pour la France, et la Nation française ne cessera de faire le reste de sa vie,

Leur très-humble, et très-obéissant serviteur,

CH. HUMBLET DE MOLHAIN.

HENRI IV. ET LOUIS XVIII,

AUTREMENT DIT

LOUIS-LE-DÉSIRÉ.

———

Cet autre Saint-Louis, ce nouveau Henri-Quatre,
N'aura plus désormais d'infidèle à combattre.

Ces vers, qu'on lit au-dessus d'un transparent,
à la porte du Corps de garde de la garde nationale,
rue de Verneuil-Saint-Germain, et que l'Auteur a
cru (à quelque chose près) (1), pouvoir trouver
place dans le présent Ouvrage, lui ont suggéré l'idée
suivante, et l'ont engagé à parodier, comme s'en-
suit, ceux par lesquels Voltaire a débuté, dans son
excellent poëme, intitulé : *la Henriade.*

———

Je chante ce Héros qui régna sur la France,
Et par droit de conquête, et par droit de naissance,

(1) Quand nous disons *à quelque chose près*, c'est que la fin du
premier vers n'est pas exacte, en ce que l'Auteur, en y disant : *Ce
nouvel Henri Quatre*, n'a pas fait attention que l'*H*, dans le mot
Henri, est un *H* aspiré, conséquemment un *H* qui ne peut pas être
regardé comme voyelle, faute que nous avons cru devoir corriger, et
faute dont l'Auteur ne manquera pas d'être convaincu à la lecture qu'il
fera des vers suivans, qui sont de toute beauté, et universellement
connus en France :

   Des bras de la plus tendre mère
   Un fils s'arrache et vole au camp,
   La nature alors sait se taire,
   L'honneur commande au sentiment,
          L'ame satisfaite
   Se souvient du refrein chéri ;
   Le cœur le chante, et la France répète
   Vive HENRI, vive HENRI !!!

Si l'*H* n'était pas aspiré, il manquerait un pied à ce dernier vers.

Qui, par le malheur même, apprit à gouverner,
Calma les factions, sut vaincre, et pardonner,
Confondit et Mayenne, et la Ligue, et l'Ibère,
Et fut de ses sujets le vainqueur, et le père.

A bien plus forte raison, s'il existait encore,
entendrions-nous Voltaire, à l'époque, et dans
les circonstances où nous sommes, à peu près,
s'exprimer ainsi :

Je chante ce bon Roi, dont la rare clémence
En triomphant des cœurs, triompha de la France,
Qui, par ses longs malheurs, apprit l'art de régner,
Et tout proscrit qu'il fut, sut, en Père, oublier (2),
Consolida les lois que prescrit la justice,
Et de ses ennemis confondit la malice,
De la faim, de la guerre écarta les fléaux,
Enfin, autant qu'il put, mit un terme à nos maux.

---

(2) En ceci, semblable, ou plutôt supérieur à ce généreux Romain
(le grand Camille) qui, après avoir rendu les plus grands services à
son ingrate patrie, et avoir occupé dans Rome les plus hauts emplois,
fut indignement appelé en justice, par l'un des tribuns. Ici, Camille,
malgré son innocence, ne sentant que trop qu'il allait être envoyé en exil, crut devoir prévenir sa condamnation, en s'exilant soi-
même; après donc avoir été obligé de satisfaire à la loi, par une
amende des plus considérables, il s'éloigna de cette ville. Malgré une
injustice aussi criante, durant son exil, l'an de Rome 364, la capitale
ayant été assiégée par les Gaulois, Camille, qui, pour lors, était à
Ardée, ayant appris une nouvelle aussi affligeante pour sa grande
âme, sacrifiant tout ressentiment de vengeance au salut de sa patrie,
engage les Ardéens à venir au secours de Rome, se met à leur tête,
et, au moment où l'on est occupé à peser les deux mille livres d'or
qui, en exécution du traité, devaient faire la rançon de cette ville, il
arrive, monte au Capitole, ordonne que l'or soit emporté, reversé
dans le trésor public, charge l'ennemi à l'improviste, et l'oblige à se
retirer honteusement, après l'avoir mis en déroute; action qui, à
juste titre, lui mérita le nom de *Second Romulus*, et de *Restaurateur*,
ou *Sauveur* de sa patrie. A ce trait, si propre à émouvoir, peut-on ne
pas reconnaître le Personnage auguste auquel *il fait allusion?*

LE DÉPART
DE LONDRES.

QUITTER Londres, hélas! Londres cher à mon cœur!
O Ciel! Ciel! se peut-il? O destins! ô douleur!!!
Ce Londres qui, sans cesse, intact, invulnérable,
Au despotisme affreux, sans cesse, redoutable,
Me plaignit, m'accueillit, accueillit, avec moi,
Les Bourbons, les Condé, les Chartres, et mon Roi,
Monarque infortuné, qui, de la Westphalie,
Dut fuir, dut s'émigrer au sein de la Russie,
Le dirai-je? et de là, souvenirs trop amers!
Porter ses pas errans vers l'Empire des mers!!!
Vers ce Londres fameux (retraite peu commune,)
Où l'on respire en paix, sous un autre Neptune,
Ce Londres généreux (eh! qui peut le nier?)
Alors qu'il a vaincu, ne sait plus se venger;
Et le transfuge enfin, le transfuge lui-même,
Dépouillé de nouveau, qu'il fut du diadême,
(Dans le feu du courroux, dans leurs discours outrés,
Quoiqu'en disent, ici, ses ennemis jurés,)
A qui, sans hésiter, le vîmes-nous se rendre,
Qu'à ce Londres sans fiel, que je cherche à défendre,
Ce Londres que l'on vit fermer l'œil sur ses torts,
Sauver sa tête altière à prix mise, pour lors.
Et ces ingrats, pourtant, pour prix de ce service,
Sans cesse, on les entend crier à l'injustice!
Haïr Londres, se plaindre, et l'outrager enfin!....
Ah! si le sentiment peut renaître en leur sein,
En faire rejaillir, au fond, quelque étincelle,
Que la reconnaissance au devoir les rappèle,
Leur rappèle, avec moi, que, sans son ferme appui,
La France n'eût cessé de soupirer sous Lui,
Que, dans Londres, sans cesse, au sein d'un doux asile (1),
Leur Monarque y vécut, sain, et sauf, et tranquille,

_____

(1) Lors du départ du Roi, dans Londres, tout fut en action, tout
fut en mouvement; c'est-à-dire que toutes les rues, toutes les places,

Avec les Siens, brava les poursuites du sort,
Les trâmes du Néron qui méditait sa mort,
Qui, pour comble d'audace, et pour comble d'outrage,
Voulait de ses Aïeux s'assurer l'héritage!! (2)
Roi pieux qui soumis, en Athlète chrétien,
Aux arrêtés d'un Dieu qui fait tout pour un bien,
Ne vit, dans le despote, alors, cher à la France,
Qu'un instrument vengeur de sa juste vengeance;
Il le fut; mais enfin, par nos pleurs appaisé,
Ce Dieu que nous servons, s'en est aussi vengé;
Et l'Anglais, à son tour, sous son puissant égide,
Dans cet homme de sang, punit un régicide : (3)
Eh! peut, oui, peut ici, le bon, le vrai Français
Peut-il ne pas aimer, n'estimer pas l'Anglais,
Lui qui, par sa valeur, sa constante énergie,
Sut lui rendre son Roi, ses droits, la Monarchie,
Et dans ce Roi bénin, pour son plus grand bonheur,
Un Titus, un Aurèle, un Père, un Bienfaiteur,
Sut lui rendre, avec Lui, son auguste Famille,
D'un Frère malheureux la malheureuse Fille,
Rejeton vertueux d'un Couple infortuné,
Dont le premier malheur fut celui d'être né!!!

étaient inondées d'une foule immense qui, d'un côté, exprimaient à haute voix, sa douleur sur son éloignement, et de l'autre, sa joie, et sa satisfaction sur l'heureuse circonstance de son rétablissement sur le Trône de ses ancêtres.

(2) On n'ignore pas les offres réitérées que fit l'usurpateur au Roi, d'accepter en échange de celle de France, la couronne de Pologne, et avec quelle grandeur d'âme, ce Monarque sut s'y refuser. Eh! de quel droit, à quel titre pouvait un Buonaparte, lui faire semblable proposition, lui qui ne tenait la couronne de Pologne, tout ainsi que celle de France, d'Italie, et autres, qu'à droit *du plus fort*, et qu'après les avoir indignement envahies, par les voies les plus révoltantes, et les plus criminelles ?

(3) Si l'on croit que le mot *régicide* ne soit pas applicable au meurtre qu'il commit dans la personne de l'infortuné prince et duc d'Enghien, celui que, bien décidément, mille et mille fois, il perpétra au fond de son cœur endurci, par le désir de sacrifier de la même manière, un Roi qu'il avait supplanté, de le sacrifier à ses craintes et à son ambition, autorise l'Auteur à s'en servir ici, conformément au sens du cinquième commandement du Sauveur du monde : *Homicide point ne seras, de fait, ni volontairement.*

Muse, tu l'annonças (4), et cinq lustres d'absence
N'en rendent que plus chère à nos yeux sa présence ;
Eh ! quel spectacle, ô Ciel ! pour Douvres, pour Calais !
Non, sur leurs bords fameux, tel ne s'offrit jamais :
Dans un bon Roi proscrit, l'un y voit reparaître
Un hôte, un digne ami, l'autre, son ancien Maître.
O revers ! ô bonheur ! et bonheur digne d'eux,
Qui, long-temps, attendu, mit le comble à leurs vœux ;
Momens trop fortunés ! et douce jouissance !
Où tout parut sourire à son retour en France,
Où, pour lui rendre hommage, on vit jusqu'aux Tritons,
De leur conque, à grand bruit, tirer de nobles sons ;
Et Thétis (pour donner à cette auguste fête
Tout l'éclat du triomphe, au jour d'une conquête,)
Dans ses plus beaux atours, sur son char radieux,
Accourir y mêler des chants harmonieux,
Les Sirènes sortir de leurs grottes profondes,
Et des leurs, émouvoir et la mer, et les ondes,
Eole resserrer, dans leurs vastes prisons,
Les dociles autans, les fougueux aquilons,
Et du vent le plus calme enfler, soudain, les voiles,
Vent, la nuit, auguré par des milliers d'étoiles,
Les Naïades par-tout, et les Nimphes des bois
joindre à ceux de l'Echo les accens de leurs voix,
Les arbres des forêts, et les râses campagnes,
Transmettre leur triomphe à celui des montagnes
De peuples transportés d'innombrables essaims,
Pour revoir leur Idôle, encombrer les chemins,
De leur hutte arriver mille et mille cohues,
Et les *Vive le Roi!!!* retentir jusqu'aux nues,
Les larmes dans les yeux, la plûpart à genoux,
Ajoûter à leurs vœux un spectacle aussi doux !
Et les astres, enfin, dans leur muet langage
En rendre à l'Eternel un éloquent hommage!!!

(4) L'Auteur, dans toutes ses différentes productions que, pendant
vingt à vingt-cinq ans, il ne discontinua, tant dans la Belgique qu'en
Allemagne, et, sur-tout, en Angleterre, de mettre sous les yeux du
public, au 1er janvier (en bornant, toute fois, l'envoi périodique
au petit nombre de ses souscripteurs compris dans le catalogue joint à
l'ouvrage) ne cessa, chaque fois, d'annoncer, comme au son de
trompe, et sur le ton le plus affirmatif, avec la chûte du tyran, l'heureux retour du Roi en France.

Il s'approche, il arrive ; à l'aspect de Louis,
Les cloches aux vallons font répéter leurs bruits,
Et le bronze assassin, jadis, sous l'anarchie,
Ne tonnant qu'à regret, pour servir sa furie,
Ne se fait plus entendre, à ce touchant aspect,
Que pour pénétrer l'âme, inspirer le respect.
Aussi, dans ces instans, qu'on doit bénir sans cesse,
Les transports de Paris sont-ils ceux de l'ivresse ;
C'est un autre phœnix, en pleurant le passé,
Qui de sa cendre, enfin, semble ressuscité... (5)
   Et quand aux noirs chagrins le vil intru se livre,
(Quoique d'espoir, encore, on prétend qu'il s'ennivre,)
En revoyant ton Roi, rivalisant Paris,
Fontainebleau, triomphe, ah ! triomphe, jouis !...
Qu'ici sur tous les fronts, la joie éclate, et brille,
Quand l'Hymen daigne, ainsi, repeupler sa Famille :
A tes vœux, à nos vœux, puisse-t-il, au plutôt,
En la multipliant, suppléer au défaut !!!
Et, pour surcroît de bien, le Ciel rendre à la France,
Avec un Héritier, sa première existence !
Et la douce harmonie, et tout ce que le cœur
Peut désirer, goûter, au sein du vrai bonheur !
Combler celui du Roi, couronner notre attente,
Et joindre, à ses bienfaits, ceux d'une paix constante !!!
   Mais, qu'entends-je ? que vois-je ? ô jour intéressant !
Jour heureux ! jour prospère, et plus que ravissant !
Oui, sous quelles couleurs pourrais-je, ici, te rendre ?
Oserait Apollon, lui-même, l'entreprendre ?
   D'un suburbe nombreux des milliers corrompus,
Par un traître, jadis, aux despotes vendus,
Ont expié leurs torts, et leur regret sincère
A trahi sa tendresse, a trahi sa paupière ;
C'est un Père obsédé, c'est un Père attendri,
Qui revoit ses enfans, dans son peuple chéri ;
Sur son front radieux se peint la bienfaisance,
Aussi, voit-on ce Roi, punir en Roi (6) l'offense ;

---

(5) *Resurgens tamquam ex cineribus.* Comme se relevant de se
cendres.

(6) C'est, *en Roi,* que Porus, vaincu, dit à Alexandre de le traiter.

A chaque pas, les pleurs, et les ris dans les yeux,
Tour-à-tour il gémit, se dilate avec eux,
Et quand la joie, ainsi, s'éclipse, où se déploie,
Le Ciel, y prenant part, fait triompher la joie :
  « Des nuages épais se roulaient dans les airs,
« D'un sombre voile, au loin, les cieux étaient couverts,
« Une morne douleur se mêlant à la crainte,
« A des transports si doux, déjà, portait atteinte,
« Quand Phœbus indigné, plus brillant que jamais,
« Et luire, et disperser ces nuages épais ;
« (Non, l'éclair ne fend pas plus promptement la nue,)
« Ciel! ô Ciel! quel coup-d'œil, soudain, s'offre à la vue!
« Tel, au retour tardif de la belle saison,
« Phœbus vient, tout-à-coup, égayer l'horizon,
« Tel ses rayons divins, du haut des cieux descendre,
« Se fixer sur Paris, et percer jusqu'au centre. »
  O Muse! redis-nous ce triomphe nouveau,
Dans des termes choisis, fais-nous-en le tableau ;
Hélas! que tardes-tu? Viens redire à la France
Cette métamorphose, et cette jouissance (7)
Que l'Anglais partagea, le cœur ennorgueilli,
D'y voir et son ouvrage, et son grand but rempli ;
Le colosse à ses pieds, par lui, l'Europe libre
Y recouvrer, par lui, son ancien équilibre,
La Tiare, le Trône, et le Culte et l'Autel,
Ce que l'on doit aux Rois, aux mœurs, à l'Éternel.
  O terre de Héros! Et terre hospitalière
Dont la gloire à nous tous, doit être à jamais chère!
Toi! de tant de milliers, respirant aujourd'hui,
La constante ressource, et le plus ferme appui,
Terre immortelle, enfin, et sol digne d'envie!
Toi, sans te devoir l'être, à qui je dois la vie,
Toi qui m'ouvris ton sein, ce sein si tendre, hélas!
Londres, avec les miens, que ne te dois-je pas?
Ne te doit pas mon Roi, Lui, qui, loin du carnage,
N'entendit, comme moi, qu'au loin gronder l'orage,

---

(7) Cette note n'est insérée ici, que pour donner à l'étranger, ou à
ceux qui n'étaient pas présens, une faible idée de l'enthousiasme des
habitans du faubourg Saint-Antoine, qui, dans le temps, ne fut aussi
mal intentionné, que pour avoir été entraîné, et séduit par un *San-*
terre, individu des plus monstrueux que la terre ait jamais enfanté.

Avec orgueil brava, sous un autre Trajan, (8)
Les trâmes et l'orgueil, et le fiel du tyran,
Que ma plume, vingt-ans, peignit comme il dût l'être,
Et tel, tel, qu'en vingt-ans, nous le vîmes paraître.

O Londres! tu le sais, pour mon Dieu, pour mon Roi,
Les dangers qu'en son temps, je courus dans Rocroi! (9)
Et comment, dans Rocroi, par un beau jour de fête,
En m'esquivant, de nuit, je sûs sauver ma tête....
Dans ces temps, dans tes murs, à jamais respectés,
Abordaient mille essaims d'êtres abandonnés,
Victimes, comme moi, de l'affreuse anarchie....
J'y vins, tu me reçus, tu devins ma patrie. (10)
Et, quand, trop follement, se livrant aux ennuis (11),
J'en vois maint s'enterrer! Moi, j'y vis, j'y vieillis!...

---

(8) George III, roi d'Angleterre, fut l'un des meilleurs et des plus religieux souverains qui ait jamais été à la tête de cet Empire. Pour faire en peu de mots, l'éloge de ce Prince, universellement plaint et chéri, nous nous bornerons à dire qu'il fut *bon père, bon roi, bon époux, bon ami, et l'ami de ses amis;* aussi, ses peuples et ses sujets, prirent-ils, dès le principe, et prennent-ils encore aujourd'hui, le plus vif intérêt à la situation de ce Monarque qui, dans tous les temps, en fit l'amour et les délices.

(9) Ce fut par une nuit des plus obscures, que l'Auteur, après avoir fait boire, en dépit des défenses qui leur en avaient été faites, et être venu à bout d'enivrer les deux fusilliers qui le gardaient à vue, dans sa chambre, se détermina, au péril de sa vie, à sauter d'un premier étage dans un jardin contigu, dont il franchit les murailles à l'aide d'une échelle qui, très-heureusement pour lui, se trouvait sur les lieux, et laquelle il avait remarquée la veille; ceci fait, et l'échelle repassée à l'autre côté du mur, il descendit dans une espèce de cul-de-sac qui aboutissait à la grand'rue, et de là, arrivé, ventre à terre, à un endroit des remparts de cette ville, dont on était, pour lors, occupé à réparer une brèche; il eut le bonheur de se glisser assez adroitement, dans les fossés; au bruit de sa chûte, la sentinelle ayant fait feu, et manqué son coup, filer à tire-d'aîle, gagner le large, s'enfoncer dans le bois voisin, et arriver, à la pointe du jour, sur le territoire de S. M. l'Empereur d'Autriche, fut une faveur, qu'en récompense de ses bonnes intentions, l'Auteur crut bien plutôt devoir attribuer à un coup du Ciel qu'aux effets du hasard, et de sa bonne fortune.

(10) *Patria mea, non ubi nascor, sed ubi pascor.* « Ma patrie n'est pas le lieu qui me vit naître, mais celui qui fournit à ma subsistance.»

(11) C'est un fait certain, que quantité d'émigrés français, et autres, tant en Angleterre qu'en Allemagne, en Russie et ailleurs, sont morts de ce qu'on appelle communément, la maladie du pays, *amor patriæ!* maladie étrange, qui, bien assurément, tient de la folie. Eh! l'homme, comme le dit très-bien Cicéron, ne doit-il pas se réputer *Citoyen de l'Univers*, et, en vrai cosmopolite, vivre et s'habituer par-tout où ses revers et ses infortunes l'ont conduit, se faire et

Et te quitter, ô Dieu ! Te préférer la France,
Où je n'ai, tout au plus, qu'une faible espérance,
Où de mille assassins qui voulaient mon trépas (12) ;
Je n'échappai qu'à peine aux trop noirs attentats !
Pleurez, pleurez, mes yeux, pleurez, fondez en larmes,
Non, la France pour vous, pour moi, n'a plus de charmes ;
Heureux, heureux, pourtant, sur le point d'expirer,
D'y revoir un bon ROI que mon cœur sut aimer,
Qu'en dépit des tyrans, et de la tyrannie,
Je ne cessai d'aimer, aux risques de ma vie,
Mais cent fois plus heureux si, par un coup du Ciel,
Je voyais, dans certains, moins d'aigreur, moins de fiel,
Au gré de mes désirs, si je voyais renaître,
Avec un tendre amour, ces respects dûs au Maître.

Eh ! que sont devenus ces siècles reculés
Si dignes de regrets, mais, en vain, regrettés,
Où nos Braves, couverts de lauriers, de poussière,
Venaient rendre au Monarque un hommage sincère ?
Sans contrainte, et sans fard, venaient, en vrais Héros,
Sous ses yeux respirer, oublier leurs travaux,
Où de nos bons Bourbons, idolâtrés, sans cesse,
Le plus léger sourire inspirait l'allégresse,

---

se conformer aux mœurs (si elles sont bonnes) et aux usages des nations parmi lesquelles la Providence l'a placé, et, d'après le système
du docteur Pangloss, dans un Ouvrage intitulé : *l'Optimisme*, se
croire dans le meilleur des mondes possibles ? Succomber à ses ma-
heurs, c'est faiblesse, les supporter patiemment, c'est une grandeur
d'âme qui tient de l'héroïsme.

(12) Lors des visites domiciliaires qui eurent lieu dans Paris, peu
de jours avant le massacre des prêtres, deux fusilliers, à la tête desquels était un bas officier, se présentèrent à la porte de la chambre de
l'Auteur, aux fins, disaient-ils, de s'assurer s'il n'y aurait pas quelques armes à feu y recélées (il était pour lors, domicilié chez
M. Marie, loueur de carosse, rue de l'Egoût, homme estimable,
et généralement estimé ;) la visite étant faite, et n'ayant pas trouvé
ce qu'ils cherchaient, prétenduement, on parla d'éconduire ledit
Auteur à l'Abaye, l'assurant que le seul motif était de vérifier ses
papiers, et l'objet de sa mission ; mais s'étant débattu, résisté, et
donné pour étranger, ce que M. Marie, qui était aux écoutes, vint appuyer et confirmer, nos alguasils prirent le parti de se retirer ; heureux
que fut l'Auteur de les avoir congédié de cette manière ; car si malheureusement, il eut été conduit à l'Abaye, c'était fait de lui ; assas-
siné, massacré comme le reste, il serait devenu, comme eux, la triste
victime de la barbarie des cannibales de ce temps-là. Avant, et même
après cette scène, l'Auteur avait été exposé à plusieurs autres, qu'il
serait trop long, et, vraisemblablement, ennuyeux de détailler.

Dans l'âme transportée, inspirait, tour à tour,
Le doux ravissement, ces respects, cet amour!...
   Oui, sous nos fiers aïeux, telle était cette France,
L'Europe entière, alors, briguait son alliance,
A l'abri des vains traits, des trâmes, des complots,
La France, avec Neptune, au loin, fendait les flots,
Avec lui, partageait ses trésors, sa puissance,
Au-dedans, au-dehors, appellait l'abondance;
Dans ces temps trop heureux, l'on voyait le guerrier
combattre pour l'honneur, pour l'honneur expirer,
Et loin, loin d'éclater en plaintes, en murmures,
Du Roi, s'il était vu, dédaigner ses blessures;
Que dis-je? On le voyait, sans accuser le sort,
Criant : *Vive le Roi!* triompher de la mort (13).
   Mais tu le sais, ô Ciel! cette France égarée,
Et vaincue, aujourd'hui, sans être humiliée,
A nos yeux attristés, soudain, n'offrit, hélas!
Parmi tant de vaillans, d'intrépides soldats,
Que trop, que trop de chefs accoutumés aux crimes,
Dont ils furent, trente ans, les trop tristes victimes!!!
Soldats francs, et loyaux qui, conduits, commandés
Par un Saxe, un Turenne, un Bourbon, nos Condés,
Eussent, en défiant l'une, et l'autre Puissance,
Rendu son lustre au Trône, et sa gloire à la France,
Mais soldats malheureux qui, sans être abattus,
Parce qu'ils devaient l'être, enfin, furent vaincus!!!
   Eh! dans ces instans, même, instans trop déplorables,
  Où des Trônes l'on voit l'un, jadis, des plus stables,
Tout entouré qu'il est de nombreux bataillons,
De tems en tems, en proie au trouble, aux factions,
Quand le meilleur des ROIS, déployant la clémence,
D'une main paternelle, étouffe la vengeance,
Peut-on ne pas entrer dans de justes fureurs?....
Et peut l'homme de bien ne pas verser des pleurs,

---

(13) C'est un fait certain qu'on a vu, en quantité d'occasions, des soldats français (tout blessés à mort qu'ils étaient, et sur le point d'expirer), demander à leurs camarades *si le Roi les avait vus?* et qui, sur la réponse affimative qui leur en était donnée, rendaient l'âme, sans regreter la vie.

Alors, alors qu'il voit cette énorme affluence,
De vingt peuples divers inonder cette France !
Venir, comme en triomphe, y repaître leurs yeux
D'un spectacle pour lui, pour moi, si douloureux ?
Alors qu'il voit, surtout, parmi ce nombre immense,
L'Anglais y déployer le luxe, et l'opulence,
Laisser, sans être ému, l'honnête journalier,
Dans Londres, dans la peine, à peine végéter !
Laisser languir les arts, les talens, l'industrie,
En un mot, affamer sa dolente Patrie !!!....
    Ah ! puisse-t-il, bientôt, s'attendrir à ses cris !
Et cesser d'encombrer, d'enrichir ce Paris, (14)
Ce Paris qui, pour prix de ses bienfaits insignes,
Ajoûte à sa froideur des sarcasmes indignes !
Mais vain, trop vain espoir ! Vœux, ô vœux superflus !
Paris a mille attraits, et Londres n'en a plus !
Tout y plaît, tout enchante, et ses sourdes oreilles,
(Epris que sont ses yeux par milliers de merveilles,)
Hélas ! ne s'ouvrent plus, ô tems ! O tems ! O mœurs !
Qu'aux *jolis petits riens*, mais *riens* trop séducteurs
De ces rares *beautés*, de ces tendres Sirènes
Qui, tout en souriant, forgent, pour lui, des chaînes !
Loin de vous ce reproche, ô Mortels bienfaisans !
Que Paris, dans ses murs, ne vit que peu d'instans,
Ou qui, peu curieux, au gré de vos Pénates,
Dans vos heureux foyers, tranquillement, restates,
De vous, Sexe attrayant, Sexe plus qu'enchanteur,
De vos dignes époux, vous, l'unique bonheur,
Vous, comme eux, le soutien de nombreuses familles,
De nombreux hôpitaux de garçons, et de filles, (15)

_N. B._ Cette note transposée se rapporte au mot *factions*, pag. 16,
où le Lecteur est prié d'observer que ces vers faisaient partie de la
Charpente ou *Carcasse*, etc., imprimée en janvier 1816, et que,
dans ce temps-là, il en était ainsi ; mais grâce au Ciel, ces *factions*
ont disparu.
    (14) Peut-on disconvenir que l'Anglais ne soit venu fondre des mil-
lions en France, y rendre l'activité au commerce, et faire reparaître
le numéraire, dont la circulation, depuis si long-temps, avait été
paralysée.
    (15) C'est une justice que l'Auteur, pour la connaissance des étran-
gers qui ne sont pas au courant de la chose, se croit obligé de rendre
à zèle, à la générosité et à la bienfaisance de la haute et petite No-

(Orphelins malheureux, non moins chers à leurs cœurs
Qu'ils ne le sont au vôtre, aux Vôtres, et aux leurs.).
Vous, si long-tems l'appui de tous tant que nous sommes,
Et le plus beau présent que le Ciel fit aux hommes,
Vous, toutefois, comme eux, que l'injuste étranger,
Pour ne pas vous connaître, osait calomnier !!!
Mais qui, par vos Héros, tiré de l'esclavage,
A reconnu ses torts, a changé de langage,
Eh! quel mortel, enfin, ne doit à ces Héros
La paix, sa liberté, son salut, son repos?
Pour moi, moi, que le Ciel, au déclin de ma vie,
Après trente ans d'exil, veut rendre à ma Patrie,
Avec quelle chaleur (pour m'être bien connus,)
Ne chanterai-je pas vos noms, et vos vertus?
Cette loyauté sainte en vos moindres promesses,
Votre noble candeur, vos dons, et vos largesses?
    Mais à ce souvenir, qui ne peut qu'affliger,
Oui, je sens, dans mes doigts, mon pinceau chanceler,
Et ma Muse, aux abois, pour comble d'amertume,
Dans mes derniers efforts, ne plus guider ma plume!
L'instant est donc venu, je pars, et dois partir;
Mon Roi vient de parler, c'est à moi d'obéir...

blesse, ainsi qu'à la classe aisée de ce Royaume, dont les individus,
pour la plûpart, s'empressent, comme à l'envi, par des souscriptions
annuelles, et des souscriptions volontaires, à venir au secours des
malheureux de toute espèce. Veuves, orphelins, malades, infirmes,
impotens, sourds, aveugles, enfans, et vieillards, trouvent, dans
cette terre hospitalière, autant d'asiles, de retraites, et d'institutions
pieuses, où ils sont soignés, nettoyés et entretenus, avec une attention, et une exactitude sans exemple, de manière qu'on peut dire, en
toute vérité, qu'il n'est aucun pays au monde (la France exceptée,)
où ces sortes d'asiles, de retraites, où d'institutions soient en aussi
grand nombre, aucun pays où les souscriptions pour milliers d'autres
qui, sans lui appartenir, se trouvent, néanmoins, en souffrances. C'est
ce qu'on a vu à la suite des batailles meurtrières de Léipsig, et de Waterloo, ainsi qu'il est amplement détaillé dans le poëme suivant, sous
le titre de CARCASSE, ou CHARPENTE DE WOOLWICH, etc.
Et il est de fait, qu'outre les collectes immenses qui ont eu lieu dans
les trois Royaumes, pour le soulagement des veuves et orphelins, tant
des officiers que des soldats anglais qui y ont péri, pour celui de
quantité de villes et de villages de la haute et basse Allemagne (ainsi
qu'il a été annoncé dans les feuilles publiques,) on a vu nombre de
seigneurs et de dames, quantité même de particuliers aisés, quoiqu'ils
y eussent déjà, il ne se peut plus noblement contribué, pousser la bienfaisance au point d'envoyer, en sus, et la plûpart sans vouloir être
connus, aux personnes nommées à cet effet, jusqu'à cent, deux cents
livres sterlings, et milliers d'autres, en proportion de leurs facultés.

O Bretagne ! O Bretagne ! O toi ! que je révère ,
Bretagne , encore un coup , à l'Europe si chère !
Toi , si chère au Batave , au Belge , à l'Eburon , (16)
Aux Hambourgeois froissés , au Danois , au Saxon ,
Au Sarde , à l'Espagnol , au Portugais , au Russe ,
A l'Italie enfin , à l'Autriche , à la Prusse ;
Toi , dont le fier courroux a sû pulvériser
Le Pygmée insolent qui voulait t'enchaîner !
Qui , néanmoins , par toi , sous *l'aîle autrichienne* ,
Retrouve, avec la vie , un *scèptre* à Sainte-Hélène (17)...
Ah ! dans ce jour de deuil , jour , trois fois , douloureux !
Sois , Bretagne , attendrie , à mes derniers adieux !
A mes vœux si les Cieux peuvent être propices ,
Oui , pour prix de ton sang , de tes grands sacrifices ,
Et pour prix des lauriers dont te couvre la Paix ,
Ils verseront , sur toi , des torrens de bienfaits ,
A tes Rois , à nos Rois , dans le calme , et la joie ,
Avec des jours sereins , filés d'or , et de soie ,
Laisseront , à jamais , au gré de l'univers ,
Le trident de Neptune , et l'Empire des mers.

Adieu ! milliers d'adieux , Ile , à jamais , chérie ,
Toi , des plus fiers tyrans implacable ennemie, (18)
Et vous , dignes Anglais , peuple en guerriers fécond ,
Peuple en gloire , en splendeur , à nul autre second.
Vous qu'on ne vit s'armer , sur la terre , et sur l'onde ,
Que pour venger nos Oints , pacifier le monde ,

---

(16) Le mot d'*Eburon* est un nom que portaient, anciennement, les habitans du pays, et principauté de Liège.

(17) Nous ne hasardons ici le mot de *scèptre*, qu'autant que nous apprenons par les feuilles publiques que ses adhérens, et autres qui l'ont suivis, continuent à lui donner le titre d'*empereur*, et à lui prodiguer l'encens dont ils l'étouffaient, au temps de sa grandeur gigantesque , mais grandeur qui a été de bien courte durée !!! Aussi pouvons-nous dire ici , ce que dit autrefois le prince des Poètes, en pareille circonstance : *Omnia cùm rapidis abierunt irrita ventis !* Oui , pour lui , tout a disparu , comme la poussière , au soufle des vents, qui l'emportent au loin , sans en laisser de vestiges.

(18) Ceux d'Alger , de Tunis , et de Tripoli , aussi bien que l'oppresseur impitoyable de l'Europe , asservis sous sa puissance , en sont des preuves victorieuses , et des preuves d'une nature à en laisser dans l'esprit de toutes les nations , avec une reconnaissance illimitée , un souvenir éternel , des remercîmens, et des obligations sans bornes.

Adieu ! (Puissent ces vœux n'être pas superflus !)
Vivez , chacun de vous, vivez un siècle , et plus !!!
Encore un coup, les Cieux, s'ils s'y montrent sensibles,
Vos Rois seront heureux, et leurs règnes paisibles,
En triomphe, ils verront pour tant de si hauts faits,
L'Angleterre, et les Siens plus chéris que jamais ;
Pour moi, dans quelque tems que je cesse de vivre,
Dans mes faibles écrits on les verra survivre,
Et ces hauts faits transmis à la postérité,
Passeront, d'âge, en âge, à l'immortalité.

FIN DU DÉPART DE LONDRES.

VERS CARACTÉRISTIQUES.

Pour mettre au bas du Portrait saillant de S. A. S.
Monseigneur Philippe d'Orléans, Duc d'Orléans, etc.,
dédiés à S. A. S. Madame la Douairière, Duchesse
d'Orléans, etc.

Dans ses yeux, dans ses traits, sur son front radieux,
Se peignent, tour-à-tour, cet air majestueux,
Cette mâle valeur, et cette bienfaisance
Qui rendent son Nom cher au Français, à la France,
Cher au ROI, cher aux siens dont il fait le bonheur,
Et rend cher à son cœur qu'habite la clémence,
Tout être gémissant sous le poids du malheur.

N. B. S'ensuivent les deux pièces de Poésie, mentionnées à la p. 1.
du présent Ouvrage, intitulées, l'une, LA CARCASSE, ou CHARPENTE
DE WOOLWICH, et l'autre, WELLINGTON et BLUCHER, AUX PRISES
AVEC NAPOLÉON, Pièces (comme, dit est,) imprimées à Londres, et
qui, réimprimées, à Paris, ne se trouvent à la fin dudit Ouvrage
qu'à cause des changemens, et de certaines additions que l'Auteur a
jugé à propos d'y faire, notamment, aux pages 27, 29 (note 10.), et
page 25; mais sur-tout à la page 33, à commencer aux mots suivans :
C'est ici, Waterloo, etc. Ces observations ne sont faites que pour les
personnes qui, l'année dernière, avaient bien voulu accorder la faveur
de leur souscription aux deux poèmes sus-énoncés dans les pages sus-
dites, ainsi que, dans quantité d'autres, où l'on trouvera nombre de
métaphores, d'allégories, de prosopopées, d'antithèses, etc., etc.

Pictoribus atque Poetis.
Quidlibet audendi semper fuit æqua potesats*.
(HORAT.)

LA CARCASSE,

ou

CHARPENTE DE WOOLWICH, (1)

ET LE PALAIS DE SAINTE-HÉLÈNE.

D'UN Prince généreux qui reconquit la France,
Dont l'Europe étonnée admire la puissance,
Et fut des Nations le père, et le sauveur,
Muse, chantons le nom, la gloire, et la valeur,
Chantons ce noble Trait que l'on loue, et l'on blâme,
Mais Trait qui, malgré tout, nous peint sa grandeur d'âme;
Oui, faire ce qu'il fait, se comporter ainsi,
Combler d'autant de biens un perfide ennemi,
Un ennemi sans cœur, sans âme, et sans entrailles,
A nul autre second, en fait de repressailles,
Qui, vainqueur abhorré de tant de Nations,
A Neptune enviait son char, et ses Tritons,
Et, dans Londres conquis, dans le feu de sa rage,
De Londres, en triomphe, eut fait une Carthage,
Un ennemi cruel qui, semblable aux Néron,
Tuait, blessait à mort, au plus léger soupçon,
Et qui ne respirant que haine, que vengeance,
Fut le fléau des Rois, et celui de la France,
Qui, tout en annonçant le Pacificateur,
Pour, sous ce Nom sacré, colorer sa noirceur,
La torche ardente en main, parcourait les Provinces,
Sans honte, et sans remords, en chassait tous les Princes,
Et, par-tout, loin de mettre un frein à sa fureur,
En criant *à la Paix*, répandait la terreur, ...
Oui, si complètement, oublier les outrages,
C'est de l'homme qui pense emporter les suffrages,

---

* Aux Peintres, comme aux Poëtes, il fut permis, dans tous les temps, d'oser toute chose, bien entendu, en fait de fictions.

(1) Woolwich est l'endroit, où la *Charpente* destinée à la bâtisse, ou édification du Palais de Sainte-Hélène a été construite; nous n'insérons cette note, que pour donner connaissance de la chose aux étrangers, en mains de qui parviendra l'Ouvrage, et qu'on doit supposer ne connaître pas que *Woolwich* est, parmi les autres, un lieu où se construisent les vaisseaux de guerre, et tout ce qui a rapport à la marine.

Et c'est aller de pair avec nos bons Henri,
Monarque du Français, si justement, chéri,
C'est de LOUIS lui-même imiter la clémence,
A force de bienfaits, faire rougir l'offense,
C'est d'un Dieu qui pardonne exécuter la Loi,
C'est se conduire en Prince, et se venger en Roi, ...
Eh! Doit enfin ce Trait, doit-il tant nous surprendre?
N'est-ce pas un Porus aux pieds d'un Alexandre?
Qui, lors de ses revers, sauvé qu'il fut par lui,
Retrouve, à Sainte-Hélène, un Aurèle, aujourd'hui;
Et, sous cet autre Aurèle, un refuge, un asile,
Où, sans soin, sans souci (misantrope tranquille,)
Affranchi des dangers, loin des brigues des Cours,
Il pourra, s'il le veut, finir, en paix, ses jours;
Heureux, heureux qu'il est, et grâce à l'Angleterre,
Qui, conjurant l'orage, écartant le tonnerre,
Malgré lui, malgré tout, même, en dépit du sort,
Si noblement le traite, et l'arrache à la mort,
Tandis qu'on voit périr un autre téméraire,
Peut-être moins que lui, perfide, sanguinaire,
Mais qui, comme il le fut, l'opprobre des humains,
Régna, pour son malheur, sur les Napolitains,
Et dont le plomb vengeur, dans sa juste furie,
Au gré de l'univers, a terminé la vie;
Puisse-t-il, à nos vœux, jusqu'ici le premier, (2)
Parmi tant de pervers n'être pas le dernier!
Oui, puissent ses pareils, dans des prisons obscures,
Bientôt servir d'exemple à vingt races futures!
Lors, tout en m'écriant : *Que sont-ils devenus?*
Je n'ai fait que passer, ils n'étaient déjà plus! (3)
Mon cœur se livrerait aux transports de la joie,
Tandis qu'aux noirs chagrins on les verrait en proie.
  O fureur de régner, tyrannique fureur!
Aveuglement cruel! Phantôme séducteur!!!

---

(2) A l'époque où nous faisions ces vœux, il n'était pas encore question des Labodoyère, des Ney, ni des Lavalette, qui, comme on sait, plus heureux que les deux premiers, n'a échappé à la mort qu'à la suite des bons services lui rendus par trois individus anglais, nommés Wilson, Bruce, et Hutchinson.

(3) Transivi, et ecce non erant. *Psalm.*

Peux-tu jusqu'à ce point, jouer, tromper les hommes,
Nous jouer, nous tromper tous autant que nous sommes?..
Eh! sur le Trône, enfin, sous nos pieds, sous nos pas,
Quel abyme de maux, grand Dieu! n'ouvre-t-il pas?
Oui, quand du vrai Monarque, au sein de cette France,
Le traître, et le parjure, outragent sa Puissance,
Que l'on y voit un tas d'hommes séditieux
Lui disputer un droit, qu'il tient de ses Aïeux,
Peut-on ne pas frémir, ne pas verser des larmes;
Et peut le Trône, encore, avoir pour nous des charmes?
Alors, sur-tout, qu'on voit ce conquérant pervers,
Qui pressait, sous son joug, un quart de l'univers,
Rentrer dans le néant, trop coupable victime
De l'usurpation, de l'orgueil, et du crime.
  Oui, sous nos Tamerlan, ce Bajazet altier,
Mille fois plus cruel que ne fut le premier,
Eut, avec tous les siens, les siens, et leurs familles,
(Tel ce rebel farouche,) expiré sous des grilles,
Et vingt cages de fer, sous ce fier Potentat,
Eussent fait et leur lot, et le lot d'un Murat,
Celui d'un traître Ney, d'un vil Labodoyère,
D'un tas d'autres coquins, en *Al*, en *Uc*, en *Ere*, *
Qui tous, tous tel des ours, et tel les léopards
Qu'on voit chez *Polito* (4) qu'on montre aux Boulevards,
Eussent, aux sons des cors, passé de ville en ville,
De Paris à Madrid, Salamanque, Séville,
A Rome, de Lisbonne, à Naples, à Turin,
Stockolm, Saint-Pétersbourg; en Danemarck enfin,
(Mais avant tout, à Vienne; et de Vienne en Hongrie,)
Et de-là transportés au sein de la Turquie,
De Postdam, à Berlin, à Leipsig, à Cassel,
En Hanovre, à Hambourg, à Brémen, à Wésel,
Et de Wésel, au Rhin, du Rhin, dans ces Contrées
Sous un Roi, sans pouvoir, si long-temps opprimées!
Et, dans ces lieux divers, exposés, jour, et nuit.....
O Waterloo! pour Toi, quel énorme produit!

---

* Il est, cependant, bon d'observer que ce ne sont pas là des vœux
que formait l'Auteur. Il ne faisait que dire que la chose, sous *Tamerlan*, serait arrivée. Le Lecteur peut consulter *Moreri* aux lettres *T.* et *B.*
Quant aux syllabes : *Al*, *Uc*, et *Ere*; elles ne tombent sur aucun
individu personnellement.
(4) Ménagerie à Londres, qui peut aller de pair avec celle de Versailles.

Quel trésor! Quelle aubaine! Et quelle jouissance
Pour tant d'êtres transis, tant d'êtres en souffrance!
Quel spectacle à leurs yeux! Sur-tout quel doux repos
Pour les Mânes chéris de nos vaillans Héros,
Qui, tout heureux qu'ils sont, au sein de l'Elisée,
Sur leur triste famille ont la vûe attachée;
Mais qui, moins inquiets, triomphans de la mort,
Lors, cessant de gémir, de pleurer sur leur sort,
Eussent (livrés, sans cesse, à la reconnaissance,)
Béni nos Rois, auteurs de cette aubaine immense.
Eh! Quels ravissemens pour La-Haie, et les miens,
Tous plus, ou moins saignés, arrachés de leurs mains!
Quelle n'eut point été l'extase en Moscovie,
Chez le Suisse, au Tirol, dans la Poméranie,
Celle de Mahomet, du Turc, et du Sultan,
Celle, enfin, du Romain, celle du Vatican
Vengé, ressuscité, sous ce Saint Peronnage
Dont, pour tous ses bienfaits, l'exil fut le partage!!!
Mais sur-tout quels transports pour John Bull (5) et les Siens!
De voir tous ces Titans, ces Titans inhumains,
Ces hommes avilis, qu'osa plaindre la France!
Sous l'auspice des Cieux, soumis à sa puissance,
Sous ses verroux vengeurs, et sous ces toits fameux,
Faits pour punir le crime, et des monstres comme eux,
Où chacun d'eux, coffré, chacun d'eux, dans sa cage,
Contre Lui, sans Lui nuire, eut épuisé sa rage.
　　Oui, ce grand châtiment plus dur que mille morts,
Qui, quelque affreux qu'il soit, l'est bien moins que leurs torts,
En·réfrénant l'audace, et des trâmes semblables,
N'eut que rendu le Scèptre, et les Trônes plus stables,
Mais non, tous opulens, et tous autant qu'ils sont,
A couvert de la foudre, et sûrs de ce qu'ils ont,
Riant des noirs complots, qui déchirent la France, (6)
On les voit, à ses frais, nâger dans l'abondance,
Par-tout, grâce à leur astre, et grâce à leurs forfaits,
Retrouver des châteaux, et leur chef un *palais!*
Qui, tel qu'on nous le peint, dans sa rare structure,
Est un autre Saint-Cloud, un Louvre en miniature,

---

(5) Sous le nòm de *John Bull*, on entend la nation toute entière.
(6) Il en était ainsi, en janvier, 1816, tems où l'Ouvrage fut publié.

Où nos vieux troncs, hélas! nés pour courir les mers,
Pour porter l'abondance, en mille lieux divers,
Tout innocens qu'ils sont, réduits à l'esclavage,
Déchirés, chevillés, gémissent de l'outrage,
Et, maudissant leur sort, n'en maudissent pas moins
Avec lui, leur exil, et la hache, et les coins,
Les marteaux, et la scie, et la pince, et l'équerre,
Et le bras meurtrier qui les jetta par terre,
Confiant, mais en vain, leur douloureux martyr,
Aux rochers obstinés à ne pas s'attendrir!
Y réclamant, surtout, leur liberté chérie,
Et ces droits éternels qu'ils ont à leur Patrie!!!
Mais, sans trop l'espérer, aux vœux ardens qu'ils font,
Oui, ces mêmes rochers, tout durs, tout sourds qu'ils sont,
Enfin, saisis d'horreur, au récit de ses crimes,
N'en frémiront-ils pas, jusqu'au haut de leurs cîmes,
Et, pour venger ces troncs, d'Enghien, et Jaffa,
N'écraseront-ils point le transfuge d'Elba? (7)
  Mais où m'emportes-tu, Muse, ô Muse insensée?
N'est-tu, n'est-tu donc pas, enfin, plus que vengée?
N'as-tu pas vu l'athée, au gré de ton courroux,
Conjurer ses Vainqueurs, tomber à leurs genoux?
Vu mugir, en fuyant, le cruel despotisme,
Dans toute sa fureur, hurler le fanatisme?
Affranchis de ses fers, de son joug oppresseur,
Mille Etats recouvrer leur première splendeur?
Vu nos vaillans Marins, nos Nelsons invincibles
Brûler, anéantir ses escadres terribles?
Et nos fiers pavillons, bravant ses vains complots,
Plus puissans que jamais, fendre, à leur gré, les flots?
De l'un à l'autre pôle, en dépit de l'envie,
Exporter, importer les fruits de l'industrie?...
  Héros, de vos Aïeux, non l'antique valeur,
Non, jamais, ne parvint à ce point de grandeur...
Eh! vîmes-nous jamais, soumis à leur empire,
Eole, à leurs projets, si constamment, sourire,
Et Neptune, avec lui, leur prêtant son secours,
D'aussi nombreux lauriers les couvrir, tous les jours?
Non, Héros, non, leurs noms, leur fâme mémorable
A la vôtre, jamais, n'eut rien de comparable...

___

(7) Cette île est ainsi appelée, en Angleterre.

O peuples de Guerriers ! invincibles Bretons !
Qui forcez les ramparts, et nivellez les monts ; (8)
Sous un Chef adoré, qui sauvates l'Espagne,
Passates, comme un trait, de Madrid, en Champagne,
Guerriers plus qu'immortels, dignes d'être chantés !...
Quoi ! déjà vos drapeaux, dans Montmartre plantés !!!
Et des *Vive le Roi !* l'Echo frapper la nue !!!
Non, jamais, tel coup-d'œil ne s'offrit à la vûe,
Mais qu'il fut assommant ! Qu'il le fut pour Paris !
Jusqu'à l'aveuglement de son Phantôme épris,
Qui (tel ces vermisseaux, brillans dans la nuit sombre,)
Parut, et disparut, à vos yeux, comme une ombre ;
Et, l'ignave paîtri d'orgueil, de vanité,
Des Dieux s'attribuant l'*invincibilité !*
Osait, jusqu'à l'ennui, ne parler que *de Gloire !!!*
Que du Temple fameux où réside l'Histoire !!!
Comme, si consacrée à chanter ces Héros
Qui consacrent au bien, leur santé, leur repos,
Ou ces hommes divins qui s'occupent, sans cesse,
A nous dicter les loix que dicte la Sagesse,
Sa plume, en se souillant de ses faits monstrueux,
Eut voulu révolter et nos sens, et nos yeux !!!
Et, dans ce Temple saint, avec nos Charlemagne,
Confondre le tyran, le fléau de l'Espagne ;
Oui, tous autant qu'il sont, *que sont-ils devenus ?*
Je n'ai fait que passer, ils n'étaient déjà plus !!!
  O François ! Fréderick ! O Georges ! Alexandre !
A ce grand coup du Ciel pouviez-vous vous attendre ?...
Mais quel champ vaste, ô Dieu ! Quel immense tableau
S'offre, ici, tout-à-coup, à mon faible pinceau !
« Vos travaux, vos lauriers, que dis-je ? Vos Merveilles
« Faites pour étonner les yeux, et les oreilles,
« Les Arts ressuscités, mille sincères vœux,
« Mille souhaits ardens pour vos jours précieux,
(Puissent-ils être sains, et de longue durée !!!)
« Avec nous, avec Vous, l'Europe ainsi vengée,
« Ce beau trait de Montmartre, en dépit de nos vœux,
« Qui sauva des tyrans l'un des plus odieux,

---

(8) Allusion au Mont Saint-Sébastian.

« Les vertus de LOUIS, sa longue patience,
« Pour ses noirs assassins, sa trop rare clémence,
« Un Blucher, un Arthur, si chers à l'Univers,
« Et tous deux, à jamais, le sujet de nos Vers,
« Un Elba! Sainte-Hélène! Hélas! Et cette France,
« Ce Paris égaré.... » Mais, ô Muse! Silence,
Des douceurs de la paix contemplant la grandeur,
Oui, contens d'admirer, admirons-en l'Auteur;
En silence, admirons ses exploits, sa constance,
Sa magnanimité, sa rare bienfaisance;....
Ah! puisse des Bourbons, le barbare assassin,
La priser, la sentir, et s'émouvoir enfin!
Et puisse-t-il, au sein de son île isolée,
Prévenir de son Dieu la vengeance outragée,
Dans LOUIS reconnaître, en revenant à soi,
Son maître, son vainqueur, son légitime Roi!!!

Ah! si tranquille au sein de son petit *empire!*
Loin d'enfanter des plans qui tenaient du délire,
Oui, s'il eut, dans Elba, s'il eut ouvert les yeux
Sur l'énorme danger de ses plans hasardeux,
Serait-il de *Carybde*, et des bords de la Seine,
Retombé dans *Sylla*, coffré dans Sainte-Hélène?
Mais non, pour l'insensé (Pangloss ambitieux!)
Tout, oui, tout était bien, et tout était au mieux!
Tout était applani, tout secondait ses vûes,
Et des traîtres, déjà, les trâmes inconnues,
(Eh! Quel est le mortel, quel est le sage, hélas!
Par fois, sur ses malheurs, qui ne s'aveugle pas?)
Aux trop perfides vœux de Paris, de Versailles,
Avaient rendu *l'idole* à ses chères Ouailles!!!
Leur *Vampire* éternel, à ce Scèptre avili,
Trop long-tems, de sang froid, de sang humain rougi!!!

Sur le Trône, en effet, on le vit reparaître,
Et son orgueil flatté, dès lors, parut s'accroître,
Celui de ses fauteurs, de ses chauds partisans
Ne s'en accrut pas moins, mais pour bien peu d'instans.
N'importe, dans Elba, d'un nouveau diadème
Qu'il dut à ses Vainqueurs, qu'il se donna soi-même,
Tout-à-coup (O surprise! ô regrêt superflu!)
Pour sa honte éternelle, il se voit revêtu!

Mais, *Diadème!* hélas! qui, peu digne d'envie,
N'eut pu flatter, qu'à peine, un Kan de Tartarie! (9)
Mais il est de son choix, et ce Caligula
Va faire et le Titus et le bonheur d'Elba!
Nos Rois donc, à ses vœux pouvaient-ils n'en pas rire? (10)
De cet îlot mesquin faire un *brillant empire!!!*
Où son nom, ses *beaux faits!* sa chûte, et ses revers
Avaient fixé, sur lui, les yeux de l'univers,
Où, si *le nouveau Sire!* en philosophe sage,
Eut sû, comme il devait, s'armer de son courage!
Et, contre tout espoir, triomphant de la mort,
Se plier, se soumettre aux rigueurs de son sort,
Oui, loin de Jupiter, et du bruit de sa foudre, (11)
Qui, pour son bien, venait de le réduire en poudre,
Sous *le dais!* Sous *la pourpre!* Et *le Sceptre* en ses mains!
Il se verrait, encore, au rang des *Souverains!!!*
Et, sans verser des pleurs, tel le bon Héraclite,
Des altercats des Rois rire, en vrai Démocrite,
Se rire des complots, des coups réitérés
Des Destins, à la fin, contre lui déchaînés,
On l'y verrait braver l'inconstante Fortune,
Eole, et tous ses vents, et Bellone, et Neptune,
Et, sans être appuyé, sans appuyer autrui,
Vivre, en paix, vivre heureux, et les siens avec lui,
Y gloser, censurer, distiller ses satyres,
Fulminer des arrêts, et régler les Empires!!!
Bâtir, bouleverser, et sur des plans nouveaux,
A sa guise, *en Espagne, élever des châteaux!!!*
   Mais non, l'on quitte Elba; *son auguste Présence!*
Va faire, à nouveaux frais, le bonheur de la France!...
Vers ce Paris, si cher! On s'avance, à grands pas,
Sa clique, dans Paris, déjà, lui tend les bras!!!

---

(9) Aussitôt que le Kan de Tartarie a fini son repas, un héraut crie:
*Que tous les princes de la terre peuvent aller dîner, si bon leur sem-
ble;* et ce barbare, qui ne vit que de lait, et de brigandage, regarde
tous les Souverains du monde comme ses esclaves; il n'a point de
demeure fixe, et son trône est un tronc de chêne, où il siége pour
rendre la justice à ses peuples; n'ayant pour toute garde, que trois, ou
quatre hommes armés de piques de bois. (*Montesquieu.*)
   (10) *Risum teneatis, amici!.* (HORAT.)
   (11) *Procul a Jove, procul a fulmine.*

O Waterloo, dis-nous, redis-nous en l'issue,
Et comment le *Héros!* disparut à ta vûe,
Comment cet *Alexandre*, aux *huzzas* des Bretons,
Piquant son *Bucéphale*, arpenta tes sillons!!!
Et, combien lâchement, le désespoir en croupe,
Sans honte, et sans honneur, il déserta sa troupe!!!...
Puisse ton nom fameux, et puissent tes lauriers
Etre autant d'aiguillons pour nos jeunes Guerriers!
Que *Fontenoi*, *Laufelt*, où, brusquant la victoire,
Les soldats de LOUIS se couvrirent de gloire,
Mais que *Rocou* (12), surtout, témoin de tes exploits,
Rocou, jaloux, peut-être, élève, ici, la voix,
Qu'il réunisse au tien, le feu de sa vengeance,
Sur son vil oppresseur, sur celui de la France,
Et libre, comme lui, libre, enfin, de tes fers,
Insulte à ses malheurs, et ris de ses revers;
Ah! S'il en est touché, puisse, un jour, Sainte-Hélène
Le voir, en pénitent, paraître sur la scène!
Le voir, la larme à l'œil, reconnaître ses torts,
Et son cœur se livrer, sans relâche, aux remords!
Oui, qu'à ce trait puissant, trait divin, trait de flamme,
Qui pénètre, et produit le regret dans notre âme,
Ce cœur plus dur, hélas! que ses rochers ne sont,
Dont, jamais, la noirceur ne fit rougir le front,
Puisse-t-il, s'émouvoir, s'amollir, et se fondre,
A la voix du Très-Haut s'empresser de répondre!!!
Et, tout en s'écriant : *Vanités, Vanités!*
Dont mes yeux, trop long-tems, ont été fascinés!
(Tel ce Roi si connu, par sa haute sagesse, (13)
Abjurer des grandeurs la pompe enchanteresse!
Puisse-t-il, à jamais, au sein de ces rochers,
Oublier ses malheurs, détester ses lauriers!
A jamais, détrompé du faux éclat du Trône,
Chercher à conquérir toute une autre Couronne!!!
Eh! Quel triomphe, ô Dieu! Quel triomphe flatteur
Pour Toi, pour lui, pour nous, et pour l'homme pécheur

---

(12) Nous ne citons, ici, plus particulièrement, *Rocou*, que parce
qu'il n'est pas, infiniment, éloigné de Waterloo.
(13) Salomon, le plus sage des Rois.

Qui, long-tems égaré, rentre, enfin, dans la voie,
Quel spectacle à tes yeux! Quelle source *de joie*!... (14)
    C'est, à ce coup frappant (Miracle inattendu,)
Et tel que, de nos jours, l'œil n'en a, jamais, vû,
Qu'à ce Miracle heureux, et Miracle plus rare
Que de voir, sur nos maux, s'attendrir un avare,
Que, ce qu'on ne vit point, l'obstiné Musulman
Déserter le Prophète, (15) abjurer le Turban;
L'on verrait, tout d'un trait, dans cet *être bizarre*,
Ceux d'un Pierre, d'un Paul, d'un larron, d'un lazarre, (16)
Oui, qu'à ce coup frappant ma Muse, pour jamais,
Perdant de vûe Elba, sa chûte, et *ses beaux faits!*
Reprendrait, en triomphe, et son luth, et sa lyre,
Et, dans les doux transports de son pieux délire,
Par des chants radoucis, et plus harmonieux,
En rendrait, nuit, et jour, mille grâces aux Cieux.

---

(14) Telles sont, en pareil cas, les paroles sacrées sorties de la bouche du Sauveur: *Amen, amen, dico vobis, majus est gaudium in Cœlis, super uno peccatore poenitente, quam super nonaginta novem justis perseverantibus.*

En vérité (dit-il,) il y a plus *de joie*, dans le Ciel, pour un pêcheur converti, qu'il n'y en ait pour quatre-vingt-dix-neuf qui ont persévéré!

(15) On se rappellera, ici, que Buonaparte, à son arrivée dans l'Empire Ottoman, se donna pour Missionaire de Mahomet! Moins opiniâtre, et moins rétif que ses Sectateurs, il est à souhaiter qu'après lui avoir tourné le dos, et fait banqueroute à sa Religion, il finisse par retourner à la sienne. Il est, toutefois, à remarquer, en passant, qu'il n'a jamais eté assez osé pour se donner le titre qui fait tant d'honneur aux Rois de France, celui de SA MAJESTÉ TRÈS-CHRÉTIENNE. Il ne sentait, sans doute, que trop bien, au fond de son âme, toute son indignité de se donner pour tel, aux yeux des Français qui savaient apprécier l'étendue de sa religion, et de son christianisme.

(16) Le retour de Saint-Pierre à son Dieu, après l'avoir renié, la conversion de Saint-Paul, dont il est amplement parlé dans Moreri, celle du Larron, crucifié, à côté de son Rédempteur, enfin, la résurrection du Lazare, sont, trop universellement, connus, pour entrer dans des détails plus circonstanciés.

WATERLOO.

WELLINGTON, ET BLUCHER, aux prises avec
NAPOLÉON.

Enfin, d'après ses vœux (si l'Oui-dire est sûr,)
Avec Napoléon l'on vit lutter Arthur,
Cet Arthur si fameux, si terrible à ses braves,
Dont la valeur sauva tant de milliers d'esclaves,
Qui grand dans la retraite, et grand dans les combats,
Lui prouva le pouvoir, et le poids de son bras,
Bras exterminateur qui sut venger l'Espagne,
Et le Rhin, et l'Escaut, et ma chère Champagne,
Bras, enfin, qui, partout, entassant les lauriers,
Partout, en ajoûtait des nouveaux aux premiers,
Et, partout, terrassa ces vains foudres de guerre
Sous qui, vingt ans, et plus, gémit toute la terre ;...
Comme fourmis, en vain, il les voyait marcher,
Partout, et chaque fois, il sut les écraser.
   Dès son premier début, sous les murs de Lisbonne,
Qui fit trembler l'athlète, et craindre pour son Trône,
Déjà, l'on pressentit cet éclat de grandeur,
Dont ce brillant début fut un avant-coureur,
Et quel choc, pour ce Trône, aux champs de Salamanque !
Oui, pour le rendre, ici, l'expression nous manque,
Et notre Muse, à peine, ose-t-elle, de là,
Suivre notre Annibal (1) jusqu'à Vittoria....
   C'est à ces coups mortels, dans ses fougues étranges,
Que pestant contre Arthur, maudissant ses phalanges,

---

(1) Pour d'autant mieux juger du massacre, presque inoui, des
Français, à la bataille, à jamais mémorable de Waterloo, par celui
qui eut lieu à celle de *Cannes*, sous la direction de ce généreux
Carthaginois (auquel, à juste titre, nous assimilons, ici, le Héros
de la Flandres, et de l'Espagne,) nous ajoûterons, à ce que nous
en avons déjà dit, qu'après cette dernière bataille, Annibal envoya,
à Carthage, trois boisseaux d'anaux de Chevaliers Romains, restés
sur la place. Si les Français en avaient eu, au doigt, combien le
Conquérant de France n'en eût-il pas envoyé à Paris ?

L'orgueilleux maudissait ses meilleurs Généraux :
Dont maint, sans doute, étaient, pour le moins, ses égaux.
« Ses ruses, sans tactique, ou sa seule présence,
« Tout autrement, sans doute, eut décidé la chance !!!...
Que les vaux, et les monts, surtout, ce Mont fameux,
Où, perché, de pied ferme, où, la lunette aux yeux,
Blasphêmant, tempestant, le vaillant Mithridate !
A couvert de ses coups, bravait la canonade,
Oui, que ce Mont fameux, témoin de ses exploits,
Au défaut de mes vers, fasse entendre sa voix,
Qu'il nous retrace, ici, cet étonnant courage !
Dont, jadis, l'on nous fit un si vain étalage,
Nous redise, surtout, que ce pimpan si fier,
Qui bravait Wellington, et méprisait Blucher,
Avec Eux, à la fin, descendit dans l'arène....
Mais quelle en fut l'issue ? On le sait, Sainte-Hélène !!!
C'est là, c'est là, qu'en proie à ses dépits rongeurs,
En proie aux noirs soucis, en proie à ses fureurs,
En les lui répétant, d'une voix importune,
Les Echos accroîtront ses maux, son infortune,
Qu'en vain l'on entendra *cet esprit à rebours*
Jour, et nuit, appeller la mort à son secours !!!
La mort ! O Ciel ! La mort ! Au fort de la mêlée,
S'il eût voulu mourir, l'eût-il pas rencontrée ?
Mais non, l'on aime à vivre, et ce preux champion
Qui voulait tout dompter, *tout mettre à la raison !* (2)
Et dans l'aveugle accès d'un insensé délire,
De l'Univers entier ne faire qu'un Empire !
Oui, ce foudre de guerre, et ce *jadis-démon*,
A peine entrevoit-il Blucher, et Wellington,
Qu'à leur aspect terrible, à l'aspect du carnage,
Son grand cœur le trahir, et trahir son courage !
Tel, à Borodino, désertant ses soldats,
Dédaigner les honneurs d'un glorieux trépas !

---

(2) Terme favori qui lui était journalier, et dont il s'était, prin-
cipalement, servi, lors de son départ pour la Russie, où il s'est vu,
lui-même, *mis à la raison*, et d'une manière si extraordinaire, que,
depuis sa défaite à Borodino (ainsi que celle de Charles XII, à Pul-
tava,) tout lui a tourné le dos, et lui a occasionné, de même qu'à ce
Héros, une suite continuelle de malheurs, et de revers, tels que
l'histoire en fournit peu d'exemples.

Quand un Guerrier de nom (3) déjà, sur la montagne,
Le charger, l'en chasser, terminer la campagne;
Déguerpir, disparaître, et, déjà, dans les champs
Franchir et monts, et vaux, s'enfuir à pas d'élans,
Fut son dernier exploit! Bientôt mille cohues
Dans Rheims, et dans Soissons, ont inondé les rues;
Tremblant, défiguré, l'on rentre dans Paris
Qu'en *triomphe!* naguère on avait reconquis!
On a lu dans ses yeux, son front pâle, livide,
Décèle ses revers, et sa honte, et sa fuite.
Et quelle est sa stupeur, au récit douloureux
De ce combat terrible, et des plus désastreux!!!
Plus d'*Elba!* Plus d'*empire!* et Montmartre lui-même,
En vain cherche, pour lui, quelque autre *diadème!*
Quelque retraite sûre, un refuge, un recoin,
Il soupire! Il gémit! Le Ciel en fut témoin.
Eh, quoi! Se disait-il, dans sa douleur profonde,
Ce mortel si fameux sur la terre, et sur l'onde!!!
Ciel! ainsi, devais-tu traiter *la Nation?*
Traiter, ainsi, *le grand, le bon Napoléon!!!*
Et quoi, quoi, devenir? Proscrit, chassé du trône,
Où, pour lui, retrouver quelque ombre de couronne?
Mais ses jours! Oui, ses jours, pour nous, si précieux!!!
Grand Dieu! Dans ces momens, daigne veiller sur eux!

---

(3) Ce guerrier est le Lord Uxbridge; on n'ignore pas avec quel
feu, et quelle impétuosité, à la tête de ses hussards, il se porta vers
cette montagne, ci-devant, peu connue, mais dont le nom, par rapport à la circonstance, est devenu immortel, montagne d'où, Buonaparte, élevé, perché qu'il était sur son sommet, et sur un échaffau-
dage y construit à dessein, le télescope à l'œil, suivait les mouvemens
de ses armées, mais de laquelle, tout-à-coup, débusqué, il se vit au
moment d'être investi, et de tomber entre les mains de ce guerrier
intrépide, qui n'en était qu'à très-peu de distance, mais, par un malheur qu'on ne peut trop regretter, le Lord Uxbridge, ayant été at-
teint d'un boulet de canon qui lui fracassa la cuisse droite (si je ne
me trompe,) cette circonstance favorisa tellement sa retraite, ou
plutôt, sa fuite précipitée, que peu de minutes après, on l'apperçut
au milieu des champs, rebroussant, ventre à terre, sur Paris, y
portant, en croupe, avec son désespoir, et sa honte, et sa défaite,
(chose à laquelle ni Paris, ni les Parisiens, encore bien moins ses
généraux, et lui-même, ne s'attendaient guères;) mais ce qu'il y a
de plus remarquable, en ceci, c'est que ce boulet funeste fut le
dernier que vomit, de sa bouche cruelle, l'instrument brutal qui,
en sauvant la vie au fuyard, mit le Héros dans le plus grand danger
d'y perdre la sienne.

3

Daigne, à nos vœux pressans, conjurer la tempête,
Et parer à ce plomb qui menace sa tête.
Ah! Si Montmartre, ouvrant le livre des destins,
Où transcrite est, par eux, la chance des humains,
Des grands événemens cette immuable chance,
N'eut-il pas lu son sort, et le sort de la France?
« Que dans des lieux lointains, que, parmi des rochers,
« Il y respirerait, sans crainte, et sans dangers;
« Et, là, que ce hautain, si terrible à l'Espagne,
« Cet ennemi juré de la Grande Bretagne,
« Dans nos ROIS désarmés, tel, jadis, un Porus,
« Trouverait, malgré tout, autant de vrais Titus
« Qui, loin d'user des droits que donne la victoire,
« Mettent à pardonner leur grandeur, et leur gloire?
« Lu que, sur son sommet, ses Vainqueurs arrivés,
« A son aspect, émus, seraient apitoyés?
« Et que les creux vallons, les rocs de Sainte-Hélène
« Nous offriraient, bientôt, un second Diogène,
« Qui, dans ce cercle étroit, dans ce morne séjour,
« Doit pointer droit au ciel, pour voir l'astre du jour. »
Où, s'il veut, pour calmer les rigueurs de la vie,
En vrai Sage, adhérer à sa philosophie,
Cent fois plus fortuné, moins seul, moins retréci,
Et des destins bravant les assauts, comme lui,
Il peut, et tout d'un trait (précieux avantage!)
Y voir, outre les cieux, et la terre, et la plage;
Plus fortuné, sur-tout (tel ce Cynique altier,)
Qu'aux rayons du soleil content de se chauffer,
L'on vit, avec orgueil, dans sa vile *rotonde*,
Dédaigner les faveurs du Conquérant du monde, (4)

---

(4) On sait qu'Alexandre-le-Grand ayant ouï parler de la singularité inouie de ce philosophe, qui n'avait, pour toute habitation
qu'un misérable cuvier, voulut se rendre sur les lieux, en vûe d'é-
tendre sur lui ses largesses, et ses bienfaits.
Lui ayant donc fait entendre que l'objet de sa visite, était de lui
accorder tout ce qui croirait lui être utile; SIRE, dit-il, *la seule
faveur que vous puissiez me faire, est de vous éloigner, tant soit
peu, la grandeur énorme du panache que vous portez, empêchant
les rayons du soleil de pénétrer jusqu'à moi, et de me réchauffer;*
réponse étrange à laquelle Alexandre ne s'attendait guères, et qui,
toute singulière, et toute insolente qu'elle était, ne laissa pas,
en excitant la surprise du Monarque, d'attirer, sur lui, son admiration, et de lui mériter son estime, au point même, en le quittant,

S'il veut, à son exemple, et *le bandeau tombé*,
S'affranchir des désirs dont son cœur fut rongé :
Mais hélas! Pourrait-il, s'il voyait Alexandre
Vers son îlot croiser, aborder, y descendre,
Pourrait-il de ses dons s'il voulait le combler,
Avec le même orgueil, dis-moi, les dédaigner? (5)
Qu'en dis-tu, Waterloo? Que n'en peux-tu pas dire?
Tu te tais, tu gémis! Et je te vois sourire!
Ah! Tu n'en dis que trop... Oui, contre tout espoir,
Revêtu, de nouveau, du suprême pouvoir,
De nouveau, l'on verrait l'insensé Diogène,
Tel, jadis, son Elba, déserter Sainte-Hélène,
Et, séduit, de nouveau, par les appas trompeurs
D'un Trône à le plonger dans bien d'autres malheurs,
En saisir, de nouveau, les rênes avec joie....
O Waterloo! Pour lors, toi, sa plus douce proie!
Quels seraient tes destins, et quel serait ton sort?....
Ah! Vainqueur, s'il l'était, le carnage, et la mort!!!
Mais non, d'un Dieu vengé la main toute-puissante
Qui foudroya l'athée, et combla notre attente,
Non, la main de ce Dieu qui commande aux destins,
Qui, seul, règle, à son gré, les chances des humains,
N'a pas brisé tes fers, n'a pas rompu ta chaîne,
Pour rendre ta victoire, et ta conquête vaine;
Sous son égide saint, sûr de nouveaux bienfaits,
Triomphe donc, triomphe, et triomphe, à jamais;
Mais, tout en triomphant à sa honte éternelle,
Pour accroître l'éclat de ta gloire immortelle,

---

qu'il ne put s'empêcher de dire : *Que s'il n'était Alexandre, il voudrait être Diogène, et penser en Diogène.*

(5) *Il y a gros à parier* (dit le Parisien,) que si l'Alexandre de nos jours se déterminait à aller visiter le *héros* de Sainte-Hélène, et qu'il vînt à lui faire (ainsi qu'il en est fait mention ci-dessus,) des propositions aussi conformes à ses désirs, sa réponse, à beaucoup près, ne serait pas d'une nature aussi extravagante, aussi extraordinaire que celle de ce philosophe, qu'on vit, par un autre trait de singularité qui ne le cède en rien au premier, parcourir en plein jour, toutes les rues d'Athènes, une lanterne allumée, à la main, laquelle il portait sous le nez des passans, en leur disant : *Hominem quæro :* Qu'il cherchait un homme. Ah! si Diogène était encore parmi nous, avec combien de satisfaction n'éteindrait-il pas une lanterne, alors, si infructueusement allumée, et ne retournerait-il pas à son cuvier? Ce Mortel qu'il chercha si long-tems, et si inutilement, dans Athènes, se trouvant au milieu de nous, et au centre de sa bonne ville de Paris.

Pleure, pleure, avec nous, tant de beaux escadrons,
Dont le sang précieux abreuva tes sillons!!!
Oui, saisi de pitié, frémis sur ce carnage
Du bourreau des Français le trop coupable ouvrage,
A *l'Orange ternie* heureux de redonner
Sa beauté, sa vigueur, et son éclat premier,
De la voir réunir les lauriers à la palme,
Rajeunir, *re-jeaunir*, au sein d'un nouveau calme,
Et son antique Tronc, jadis, si respecté,
Qu'à jamais il croyait abattu, terrassé,
(Espoir dont il osa, follement, se repaître!)
De le voir jusque au Nord repousser, y renaître,
Et d'un fer, tel qu'il soit, bravant tous les assauts,
Oui, peut-être, plus loin, étendre ses rameaux,
Heureux, sur-tout, de voir *cette Orange pourprée*
Jusques aux cieux porter *sa Tête couronnée*, (6)
Sous Alexandre, enfin, sous tes Libérateurs,
Avec son Roi, ce peuple oublier ses malheurs;
Fut-il, fut-il jamais semblable jouissance?
Surtout, quand ton tyran, le tyran de la France,
Pour prix de sa hauteur, de ses noirs attentats,
De ce sang profané dont il rougit son bras!!!
Tu l'entends se morfondre au sein de Sainte-Hélène,
Maudire avec l'Escaut, le Danube, et la Seine,
S'exhaler en menace, invectiver le Sort,
Mourir, à chaque instant, sans rencontrer la mort,
Et, tout vif enterré, dans cette île isolée,
En proie aux hurlemens d'une mer irritée,
Qui du tyran cruel, qu'on titra de *héros*,
Sans cesse étoufferont les plaintes, les sanglots,
Et, sans cesse, avec eux, tout ce qu'à sa vengeance
Peut inspirer le fiel, le courroux, l'impuissance,
Quand, du haut de ses rocs, le télescope, en main,
Chaque instant, rapprochant, sous ses yeux, le lointain,
Ses yeux découvriront, sur les ondes tranquilles
Nos mâts nombreux offrir l'aspect d'autant de villes,
Qu'ils y verront, surtout, aux couleurs des Bourbons,
Voguer, avec orgueil, leurs anciens pavillons.

---

(6) *Sublimi feriens sidera capite.* Horace.

SUR LES RÉJOUISSANCES,

ET ILLUMINATIONS,

Qui, à l'occasion de la Paix générale, eurent lieu dans Londres, et, universellement par-tout ailleurs, dans les trois Royaumes réunis de la Grande-Bretagne.

———

C'EST en vain qu'on s'efforcerait de retracer, dans toute leur étendue, aux yeux de l'étranger, le degré, ou plutôt, l'excès de joie, et d'exultation que Londres, et que la Nation britannique, en général, ont manifestées, à l'occasion de la Paix. C'est en vain qu'on tenterait de lui faire une peinture réelle des réjouissances, et des illuminations qui s'y sont faites, à l'occasion de cet évènement heureux, si glorieux, et pour lui, et pour elle ; oui, quelque brillant, quelque détaillé que pourrait en être le récit, quelque circonstanciée qu'en pourrait être la description, ils ne seraient encore qu'une bien faible esquisse de ce qu'elles furent en effet : d'abord un combat naval sur la rivière qui arrose le grand Parc dit (*Hyde park,*) situé entre Londres, et Kensington, où vingt, à vingt-cinq frégates, au moins, avec leurs canons, et leurs voiles déployées, y amenées, à grand frais, de différens ports, et employées à manœuvrer, tel qu'on les vit manœuvrer, au fameux combat de *Trafalgar*, où, malheureusement, le premier Héros de la marine anglaise perdit la vie, présentait à la vûe un intérêt, un coup-d'œil dont il est impossible de se faire une idée ; dans l'intervalle, on voyait s'élever, jusqu'aux nues, un ballon, d'une grandeur immense, qui parcourant les régions aériennes, aux cris, million de fois, réitérés d'une foule innombrable de peuples qui s'écrasaient les uns les autres, attirait les regards, et l'attention des spectateurs ; en second lieu, un pont chinois, accompagné de tous ses attributs, d'une hauteur, d'une largeur, et d'une élévation démesurée qui, cons-

truit sur la rivière du Parc Saint-Jacques, et reposant
sur une seule arche, était du haut, en bas, illuminé
d'une manière à ravir, et offrait à l'œil enchanté le spectacle le plus délicieux (on peut encore voir le pont,
qu'on a laissé exister pour la commodité du public.) A
quelques pas de là, c'est-à-dire, à l'extrémité du Parc
verd (*green Park*,) on voyait, sous la dénomination de
TEMPLE DE LA CONCORDE, un édifice incompara-
blement beau (chef-d'œuvre de l'art,) de figure octogone,
d'une vaste étendue, et d'une architecture admirable,
qui, dans sa structure extraordinaire, avait quelque rap-
prochement avec *l'arc de triomphe* de la place du Carou-
sel, mais dont les ornemens, et les attributs symboliques
consistaient en des sujets d'une nature à émouvoir, et
bien supérieure à celle de ce monument abject, consa-
cré à l'ambition, et à la tyrannie; c'étaient des tableaux
parlans, des peintures historiques, à hauteur d'homme;
la Grande-Bretagne personifiée, Neptune, le trident à
la main, Mars, et Bellone, armés de leurs lances, de
leurs casques, et de leurs boucliers, la Paix, qui leur
présentant la palme, et l'olivier; entremêlés de lis, tenait,
au-dessus de leur tête, des couronnes de lauriers fleuris,
foulant sous ses pieds, et des faisceaux de branches de
cyprès, et la haine, et la discorde, et les furies mugis-
santes, avec leurs serpens sifflant, et s'entortillant dans
leurs mains ensanglantées.

Ces tableaux, et ces peintures d'un genre unique,
exécutés par les plus grands maîtres, et chacun dans
leurs cadres respectives, décoraient l'octogone qui, dans
son vaste contour, il ne se peut plus splendidement
éclairé, faisait un effet merveilleux, et qui, en quelque
sorte, représentait à la vûe ce qu'on rapporte des jardins, et des palais enchantés des Fées. De cet édifice aussi
resplendissant que majestueux, et construit, à dessein,
jaillissaient des volcans de feu qui variaient, à chaque
instant, et qui, sortant de leurs prisons avec violence,
faisaient un fracas épouvantable, un bruit tel que celui
de la foudre, et du tonnerre, lorsque le Dieu des armées, corroucé contre les faibles mortels, se plaît à les
leur faire entendre, pour les avertir.... Dans l'entre

tems, un second ballon montait dans les airs, des milliers de fusées l'y accompagnaient, qui, dans le cercle
ou plus, ou moins étendu qu'elles décrivaient, y crêvant,
avec éclat, on en voyait sortir des milliers d'étoiles,
dont le brillant semblait le disputer à celui des astres
les plus lumineux; à quelque distance, étaient adossées
aux murs du jardin de S. A. R. le Duc d'York, et dans
toute leur étendue, trois rangs de loges couvertes de
velours, et autres étoffes précieuses, destinées à recevoir
le Régent, la famille Royale, les Ambassadeurs, les
Ministres, et la haute Noblesse; au-dessus de ces loges
(du haut en bas, illuminées comme le reste,) on lisait,
en grands caractères, les noms de tous les Amiraux, et
Généraux qui, depuis le premier commencement de la
Monarchie, jusqu'à cette époque, s'étaient, spéciale-
ment, distingués; en tête, étaient ceux des Anson, des
Marlbourough, des Nelson, des Wellington, des Aber-
crombie, des Wolff, des Hill, des Beresford, des Saumarez, etc., etc., etc., qu'il serait trop long de citer,
et de détailler. A proximité de ces loges, se présentait
une arcade d'une largeur, et d'une hauteur proportion-
née qui s'étendait, d'un côté à l'autre, du grand chemin,
sous laquelle, et à travers de laquelle, trois voitures,
de front, pouvaient, avec aisance, et sans se heurter,
passer, et repasser, le jour, comme la nuit. Cette arcade
qui, par ses feux, et par sa magnificence, ne le cédait
en rien, ni aux feux, ni à la magnificence, soit du
Temple, soit du pont chinois, soit des loges, rassem-
blait dans sa large, et longue circonférence, cinquante
autres noms célèbres, qui n'avaient pu être compris
parmi les premiers, de manière que sans exagérer la
chose, on eut pu s'écrier : *Nec oculus vidit, nec
auris audivit!* L'œil n'a point vu, ni l'oreille entendu,
sur-tout, quand à ces illuminations, qui jamais ne furent
aussi générales, ni portées à un tel excès, l'on aura
ajoûté celles qui eurent lieu, à l'Amirauté, à la garde
aux chevaux, à la Maison dite *Sommerset*, à la Bourse,
à l'Hôtel-de-Ville, à celui de la Compagnie des Indes,
enfin, à tous ceux des différens Bureaux, et Offices pu-
blics de la Capitale, aux Hôtels des Ministres, et des

Ambassadeurs de toutes les Cours étrangères, mais,
sur-tout, à celui de l'Ambassadeur d'Espagne, à raison
de l'étendue peu commune de la maison qu'il habitait
alors ; en un mot, celles qui eurent lieu au Palais du
Régent, dit (*Carleton-House;*) quand on y aura encore
ajoûté les illuminations extraordinaires, et nullement
surveillées comme ailleurs, de la plûpart des Seigneurs,
et des particuliers de toutes les classes de Londres qui
semblaient se disputer, les uns aux autres, et comme à
l'envi, la satisfaction, et la gloire de manifester, avec
leur joie, le désintéressement le plus ouvert, non seulement par la variété des feux qui semblaient éclypser
la clarté de l'astre du jour, mais encore par des drapeaux blancs déployés, par des peintures symboliques, des emblêmes, et des transparens de toute espèce, accompagnés de *mottos*, appropriés à la circonstance, et tous (autant qu'il en existait,) et plus spirituels,
et plus ingénieux, les uns que les autres; qu'on y aura
enfin ajoûté celles qui eurent lieu jusques dans les plus
petites rues, dans les carrefours les plus insignifians,
et les recoins les moins connus, les moins fréquentés
de cette ville immense, dans lesquels, tout ainsi que
dans ses plus beaux quartiers, que dans ses plus belles
rues, non seulement des milliers de fusées, et de pétards
partaient, à chaque instant, mais encore, s'y faisaient
entendre, sans interruption, les bruits confus de toutes
sortes d'armes à feu, déchargées par la jeunesse de ces
lieux, ou, plus ou moins peuplés, et plus, ou moins
courus, bruits qui, réunis à celui des canons, et des
boëtes faisaient une musique, un concert, au-dessus de
toutes les musiques, et de tous les concerts possibles.

Dans l'intervalle défilait une infinité d'équipages, tous
plus brillans les uns que les autres, et traînant, à pas
longs, des Divinités sans nombre, qui, surchargées de
diamans, d'or, et de perles, éblouissaient les yeux, et
ajoûtaient un nouvel éclat à cette Fête la plus pompeuse,
et la plus triomphale dont Londres, depuis son existence, ait à s'applaudir, à se glorifier; et ce qu'il y a
de plus heureux, et de plus satisfaisant, en ceci, c'est
qu'on n'a jamais, oui, jamais entendu parler du moindre

petit malheur, de l'accident le plus léger, si, toutefois, l'on croit ne pas devoir réputer tel, la combustion d'une des parties supérieures de la rotonde chinoise, du pont susmentionné, qui ne fut pas long-tems à prendre feu, mais qui, bientôt, assoupi, et, ensuite, entièrement, éteint, ne fit que provoquer, à nouveaux frais, des nouveaux éclats de rire.

Il serait inutile d'en revenir, ici, à ces élans de cœur, à ces cris de joie qu'inspirait un jour aussi beau, et fait pour se livrer entièrement à leurs douces impressions. Le mot de PAIX qu'on lisait, par-tout, dans des transparens superbes, et proportionnés à la largeur, et à la hauteur des maisons des particuliers (*des Boutiquiers*, selon l'expression *du grand-homme!*) attachait à tout ce que nous venons de dire, avec un nouvel intérêt, une nouvelle jouissance qui tenait du ravissement, et de l'enthousiasme, l'un et l'autre portés à leur comble, aux cris non interrompus de *Vive le ROI! Vive Louis XVIII! Vive Louis-le-Désiré!!!* cris attendrissans qui faisaient retentir la voûte azurée, et pénétraient l'âme; ajoûtons à ce récit la plus belle soirée, et le calme le plus profond qu'on puisse imaginer, qu'on pût désirer, ce qui ne pouvait guères être attribué qu'à une faveur toute particulière du Ciel qui semblait prendre part à la joie publique. Non jamais les bords de la Tamise, et jamais les vallons circonvoisins ne résonnèrent-ils de concerts, ni plus bruyans, ni plus uniformes, ni plus harmonieux, et c'est bien, ici, qu'on peut, en toute assurance, et de nouveau, répéter : Le *nec oculus vidit, nec auris audivit!* Aussi sans exagérer la chose, et sans courir risque de s'y tromper, pourrait-on, aisément, et tout au moins, porter la dépense des trois nuits consécutives qu'ont duré ces réjouissances, et ces illuminations (en y comprenant, bien-entendu, celles qui eurent lieu dans les Royaumes réunis d'Ecosse, d'Irlande, et de Hanovre,) à plus d'un million de livres sterlings, dépense énorme, s'il en fut jamais, et dépense qui, à certains individus, semblera, peut-être, incroyable, et mensongère, sur-tout, après les sacrifices, infiniment, plus énormes encore, que, pendant plus de vingt-cinq, à trente années (et sans avoir eu, pour ainsi dire, le tems de respirer,) a faits cette Nation, inépuisable, cette invulnérable, cette invincible Angleterre; et c'est, néanmoins, cette même Angleterre, qu'un vain, qu'un insensé Buonaparte (en dépit des avis sages, et prudens d'un *Mentor éclairé*, et de quantité d'autres,) prétendait, en l'excluant des différens ports de l'Europe, et de l'Amérique, lui interdire, de même, et lui fermer, avec eux, ceux de l'Asie, et de l'Afrique, prétendait, dis-je, venir à bout de réduire, d'épuiser, et de mettre hors d'état de lui faire tête, enfin, pour couronner l'œuvre, (*ses misérables bateaux plats !* Ou, pour mieux les nommer, ses frêles, et ridicules *coquilles de noix*, ou *écailles d'huîtres*,) tel que nos incomparables marins se plaisaient à les baptiser, arrivés sur ses bords, finir par faire (comme dit est, précédemment,) de l'Angleterre une nouvelle Carthage, une seconde Troie !!! Ah! Si, comme le sage Ulisse, il avait pu renfermer dans le ventre d'un *cheval de bois*, et ses vaisseaux sans nombre, et ses cinquante mille hommes, à l'aide desquels, une fois débarqués, disait-il, la conquête de l'Angleterre était assurée, à la bonne heure, mais encore, dans ce cas, à quels efforts, et à quelle résistance, n'aurait-il pas dû s'attendre de la part, de ses zélés, de ses infatigables Volontaires, et de la part d'une Nation entière, sous les armes, qui se préparait à le combattre, à lui faire une réception des plus chaudes, et telle qu'il ne s'était jamais imaginée, et telle que sa sotte, et aveugle politique n'avait jamais pu, ni prévoir, ni pressentir; il l'a vû, il l'a expérimenté, *vidit, et expertus est;* aussi son *Mentor,* ce futé *Mentor,* auquel, en partie, il était redevable de sa fortune, et de son élévation, en secrèt, en a-t-il triomphé, en a-t-il senti, au fond de son âme, une satisfaction complète. Eh! Comment était-il possible à un Buonaparte, lui qui avait adopté pour principe : *Qu'une Nation qui combat pour son salut, pour sa liberté, est invincible,* (principe, universellement reconnu, et qu'il ne cessait de prêcher, de répéter à ses armées,) comment lui était-il possible de s'aveugler au point de croire que l'Angleterre, et l'Angleterre toute entière, ne s'armerait pas pour sa défense, et ne vérifierait pas la chose, dans le cas (ce que nous ne nous sommes jamais imaginé,) qu'il eût voulu mettre ses plans en exécution ? Aussi l'aspect terrible de deux cent mille bayonnettes levées, et rendues sur les côtes au premier coup de tocsin, lui ont-elles fait, bientôt, *rengaîner son grand, son ridicule projet d'envahir* un Empire qui n'a cessé de le braver, et de lui insulter.

Néanmoins, on ne peut disconvenir, on ne peut désavouer, que si ce hautain, cet orgueilleux bipède est tombé, du faît des grandeurs, dans le labyrinthe inextricable de douleurs, et d'humiliations où il se trouve aujourd'hui plongé, ce n'est, oui, ce n'est que de sa pure, et de sa propre faute, ce n'est, bien assurément qu'à cette ambition dévorante, qu'à cette soif, jusqu'ici sans exemple, cette soif de s'agrandir, et de conquérir, en un mot, qu'à cette opiniâtreté récalcitrante, et qu'à cet aveuglement dont, pour notre bonheur, le Ciel avait, sans doute, couvert ses yeux, qu'il doit attribuer, avec ses revers, et les revers des siens, et sa chûte, et son exil, et sa dégradation ; un bras sacrifié aurait sauvé et le corps, et les autres parties du corps, mais non, pour s'être, invinciblement, refusé à une légère amputation, et l'arbre, jusqu'aux racines, et les rameaux de l'arbre, et le tronc de l'arbre y sont restés, trop heureux, trop fortuné qu'il fut (comme dit est,) de n'y avoir pas laissé, lors de sa défaite, et sa tête altière, mise à prix, et son crâne si fertile en duperies, et en stratagêmes ; au reste, tout ainsi que les géans foudroyés, pour avoir voulu escalader les cieux ; ou tel l'imprudent Icare (1) qui, à l'aide

---

(1) On n'ignore pas que ce ne fut qu'à l'aide des aîles de cire que Dédale avait attachées aux épaules du jeune Icare, qu'il sortit de son labyrinthe, mais malheureusement, pour lui, s'étant, trop aveuglément, livré au plaisir qu'il ressentait de se voir, tout-à-coup, au rang des êtres aériens, et approché du soleil plus près qu'il ne devait, ses aîles fondues, Icare, moins fortuné que nos audacieux Aéronautes (reste à savoir ce qui en arrivera du trop confident *zéphire*, et de son cavalier,) se trouva, d'emblée, précipité, du haut des cieux, dans les profondes abymes de la mer, laquelle, depuis ce tems-là, porte le nom de MER ICARIENNE, comme on peut le voir, par le vers ci-joint, universellement connu :

Icarus Icarias nomine fecit aquas.

Et c'est ainsi que nous nous attendons à voir l'usurpateur, ou *notre*

de ses aîles de cire, s'étant élevé dans les airs plus avant qu'il n'aurait dû, se trouva, tout-à-coup, enseveli dans les flots indignés de la mer *Egée*, de même le *Géant*, ou l'*Icare* du siècle où nous vivons, se vit-il, en un seul, et même jour, et au moment où il s'y attendait le moins, culbuté du Trône, et recoigné parmi les rochers inaccessibles de Sainte-Hélène, où, selon les rapports, constamment livré aux assauts les plus insupportables des soucis rongeurs, il n'a de repos ni nuit, ni jour. Puisse-t-il, Ah! Puisse-t-il, les mettre à profit, ces soucis rongeurs, et par sa patience, et sa résignation, attirer, sur soi, et sur chacun de ceux qui l'ont accompagnés, la miséricorde infinie d'un Dieu dont il a, aussi criminellement, aussi indignement, provoqué la colère, et la juste vengeance.

Mais revenons à la matière, et ajoûtons à ce que nous avons dit : Que si Londres, et les habitans de Londres eurent quelque chose à regretter, dans une conjoncture aussi intéressante, ce ne fut que la présence de nos Potentats victorieux; oui, trop malheureusement, et pour Londres, et pour les habitans de Londres, aussi bien que pour les externes, et les étrangers qui y étaient accourus de toute part, ni ces Personnages augustes, ni leurs Généraux les plus fameux; ni leurs suites nombreuses (à l'exception de l'immortel Platow,) n'y étaient plus. Que n'aurait point dit, avec eux tous, à la vûe d'un spectacle aussi éblouissant, l'Alexandre du Nord, sans contredit, aussi digne, et plus digne du Nom de GRAND qu'Alexandre de Macédoine ? Oui, que n'en aurait-il pas dit, et quelles n'auraient pas été, tout-à-la-fois, et sa surprise, et ses sensations, à l'aspect de ces réjouissances, de ces illuminations qui, pour lui, jusques-là, aussi nouvelles qu'inconnues à ses regards, n'auraient pas manqué de leur offrir un coup-d'œil des plus rares, et d'autant plus précieux, que les illumina-

---

nouvel Icare, et le jadis, soi-disant *empereur des Français*, et *roi d'Italie*, finit par donner, à l'Ile Sainte-Hélène, (conformément au Distic ci-dessous,) la plaisante dénomination d'ILE CORSIQUE :

Et sic Franciadum Rex sanctam intrusus Helenam
Corsiacam faciet Corsicus ille suam.

tions qui se font en Russie n'ont rien qui rapproche, rien qui puisse être comparé à celles qui se font, soit en France, soit en Hollande, soit dans les grandes villes d'Allemagne, mais, sur-tout, en Italie, ainsi que dans les Pays-Bas, et nommément, à Bruxelles, et dans la ci-devant Principauté de Liège, les illuminations dans cet Empire, ne consistant qu'en des mornes *pots à feu*, nâgeant, à la vérité, dans le suif, mais qui, tout unî-ment, généralement, rangés par terre, sur une, deux, ou trois lignes parallèles, n'éclairent que le rez de chaussée, sans que le pavé circonvoisin (s'entend, à quelque distance,) et sans que le ciel n'y ait que peu, ou point de part.

Et, comme lui, que n'en aurait pas dit le digne Représentant de Frédérick, le bienfaisant, le reli-gieux Successeur de nos SAINT-LOUIS, et de nos HENRI QUATRE? Qui, tous deux, étant, sans doute, encore plus intéressés à la chose que le premier de ces Monarques, en eussent aussi, sans doute, encore été, et plus ravis, et plus émerveillés, quoique, toutefois, ce Dernier, pendant son séjour à Londres, en eut déjà vû, en diverses occasions, des diminutifs, ou des échan-tillons assez remarquables.

Daigne le Ciel, oui, daigne, à nos vœux, le Dieu des armées né jamais plus permettre que, pour une cause de cette nature, d'une nature à inspirer l'horreur, et l'ef-froi, pareille Fête, et pareilles réjouissances reparaissent jamais, aient encore lieu sur la surface de la terre! Et puissent nos descendans (même au-delà de nos arrière petits-neveux,) ne jamais plus se livrer à pareil enthou-siasme! A ce prix, à un prix, hélas! dont le sou-venir seul, en révoltant les sens, et la nature, doit faire frémir, jusqu'au fond de son âme émue, l'être le moins susceptible des impulsions d'attendrissement, et de sen-sibilité! Oui, puissent-ils ne jamais plus acheter leur re-pos, et leur liberté chérie, par autant d'assassinats, de trahisons, et d'injustices, enfin, ne jamais plus recon-quérir, au prix d'un sang aussi précieux (sang, hélas! si inutilement, si impitoyablement prodigué,) une paix qui, peut-être, en a plus coûté à la France, et aux Français,

peut-être même, plus coûté aux différentes Puissances
qui les ont combattus, que ne leur en ont coûté toutes
les paix faites, depuis l'existence de leurs Monarchies
respectives.

Tels sont les vœux brûlans que, de concert avec
l'Auteur, toutes les Nations, d'un pôle, à l'autre, ne doivent discontinuer de faire, tant pour leur propre bonheur, et leur propre tranquillité, que pour le bonheur,
et la tranquillité des races à venir, et de la postérité la
plus reculée. *Fiat! fiat!!!*

FIN.

Nota Bene. *Pour obvier à ce qu'on pourrait en dire,
l'Auteur croit devoir observer à ceux qui voudront l'entendre, que l'intérêt n'eut jamais la moindre part ni à sa
façon de penser, ni aux bonnes intentions que, depuis le
premier instant de la révolution, jusqu'à ce jour, il n'a
cessé de manifester dans ses différens Ouvrages, non plus
qu'aux vœux ardens qu'il n'a discontinué d'y faire, pour
le bonheur des Français, et la re-ascension de son Roi
sur le Trône, n'ayant, de sa vie (ce moment excepté,)
ni sollicité, ni obtenu la plus légère faveur de la Cour.
Que si parmi nos Lecteurs certains individus venaient à
désapprouver nos Poésies, et se plaisaient à y mordre,
à les censurer, nous nous contenterions de leur dire, avec
cette franchise qui nous est naturelle :*

*La critique, à l'œil louche, aiguise, en vain, ses traits,
Lorsqu'on chante son ROI, l'on la brave, à jamais;
Oui, le bénir, l'aimer, fait notre bien suprême,
C'est bénir, c'est aimer, c'est louer Dieu lui-même.*

Eh ! N'est-ce pas là-ce qu'entendait le Sauveur du
monde, lorsque, conversant avec les hommes, et adressant la parole aux Princes, et aux Potentats, ses Représentans, il leur disait : *Dii estis vos, super terram,*
Vous êtes des Dieux sur la terre? Pour, par ces paroles
divines, inspirer, et prescrire aux peuples envers leurs
Souverains, ce respect, cet amour, et cette obéissance
qu'ils lui doivent à lui-même, Eux Tous (comme dit est,)

à titre de Représentans, et Lui, comme Auteur, de leur élévation, et de leur dignité reconnue.

Pour parer aux traits que l'envie, ou la haine, ou toutes deux, à la fois, pourraient lancer contre l'Ouvrage, qu'il nous soit permis, avant de finir, d'y ajoûter les deux vers suivans:

> Omne tulit punctum qui miscuit utile *Vero*,
> Ambo, Lector, habet parvulus hicce liber.

C'est remplir sa tâche, toute entière, que de réunir l'utile à la Vérité. Ce livret, mon cher Lecteur, renferme et l'un, et l'autre.

Puisse-t-il en résulter tout le bien qu'on doit attendre des grandes vérités qu'il contient !!! *

OBJECTIONS, ET RÉFUTATIONS.

MAIS Buonaparte *a fait de belles choses*, entends-je s'écrier certains individus plus ou moins outrés, et plus ou moins attachés aux intérêts, et à la cause de ce grand, de ce généreux conquérant !!! Certains autres, en s'aveuglant sur le passé, avancer, impudemment : Quoiqu'on en dise, Buonaparte, en sa qualité de souverain, *n'a, certainement pas fait de mal à la France !* Car ce sont là les deux subterfuges, dont ces beaux messieurs font usage, pour tâcher de le justifier, ou du moins, de pallier, aux yeux des Nations, ce qu'ils reconnaissent, au fond de leur âme, devoir révolter les sens, et provoquer l'indignation.

Grand Dieu! pareil langage, et pareils discours peuvent-ils sortir de la bouche d'un Français? Pourrait tel avocat de Buonaparte, oui, pourrait-il nous citer un despote qui, avec autant d'insouciance, avec autant de gaîté de cœur, ait fait couler, ait fait ruisseler, dans toutes les occasions, en telle abondance, et aussi infructueusement, le sang des Français? Le lit de la Seine pourrait-il le contenir, s'il était possible de le rassembler?

Qu'ici nos malheureux Conscrits s'élancent de leurs tombes funèbres, et de ces champs ensanglantés où leurs os, et leurs mânes indignés reposent, qu'ici leur voix, à l'appui de ma voix, vienne se faire entendre, que nous diront-ils? Sinon que les malheurs de la France, et toutes les cruautés qui se sont commises en France, n'ont été que les effets funestes de l'ambition dévorante de cet être inconcevable, qui, de soi-même, et de sa propre main, n'avait pas craint, à l'aide d'un nombre insignifiant de gens qui lui ressemblaient, de ceindre ses tempes altières des couronnes de nos Louis, de nos Henri, de nos Charlemagne?

Oui, tel avocat, et tels autres qui osent penser comme lui, ont beau vouloir rejetter les malheurs, et les infortunes de cette France, sur les Puissances coalisées, et, plus particulièrement, jetter la pierre à la Prusse, et aux armées invincibles de la Grande-Bretagne, c'est battre l'air, et ces mânes, en leur rendant justice, vien-

---

* Veritas *una*, et sub Deo *uno*, Rex *unus*, ille, et legitimus.
Une seule et unique *vérité, et sous un* seul et unique *Dieu, un* seul et unique *Roi, et un Roi légitime.*

dront leur dire : Que ces Puissances n'ont fait que se défendre , et que
pourvoir à leur propre sécurité , que leurs cœurs , en voyant couler
le sang des Français , en voyant couler celui de leurs propres sujets ,
oui leurs cœurs en ont saigné , et saigné d'une manière a inspirer
aux nôtres tout l'excès d'un noble attendrissement , et toute la véné-
ration qui est due à leurs Personnes sacrées.

Que si l'on vient à reprocher à ces mêmes Puissances , et les contributions qu'Elles ont exigées , et les places fortes dont Elles se sont
mises en possession , et le long séjour de leurs armées respectives ,
au sein du Royaume , quel autre qu'un Buonaparte en fut l'auteur ?
Et les contributions , par Elles , exigées en France (soyons justes ,)
peuvent - elles , en la moindre chose , être comparées a celles aux-
quelles , sans parler des Pays-Bas , du pays de Liège , etc. , etc. , etc.)
et la Hollande , et l'Italie , et l'Espagne , et l'Autriche , et la Prusse ,
avaient , par lui , été , si impitoyablement , si irrémissiblement condam-
nées ? Quant aux places fortes que ces armées occupent , et leur séjour
dans ces forteresses , dans l'intérieur de la France , ce séjour n'a-t-il
pas été nécessité par les circonstances , par celles des troubles , et des
factions qui , par ses instigations , et par celles de ses fauteurs , s'éle-
vaient , à chaque instant , dans les différentes provinces de cette
France infortunée , ajoûtons que , si conformément au traité , par lui ,
conclu avec les Puissances coalisées , il avait su refréner son ambition , et , tout uniment , s'en tenir à son mesquin d'*empire* d'*Elba* ,
tous ces malheurs et toutes ces infortunes qu'il a extraînées à sa suite ,
lors de sa rentrée en France , et qui sont venus fondre , sur la Capitale ,
comme sur toutes ses provinces , n'auraient jamais existé , n'auraient
jamais eu lieu.

Quant *aux belles choses* qu'on lui attribue aussi gratuitement ,
nous répondrons : Que s'il a démoli des mâsures , pour aggrandir le
Louvre , s'il a construit des châteaux , des ponts , embelli la cour
des Tuilleries , relevé des Quais dépérissans , et bâti quantité d'autres ,
à neuf , s'il a ajoûté à la majesté des bâtimens de Saint-Cloud , et
du Luxembourg , à la magnificence de leurs jardins respectifs , s'il
a érigé des arcs de triomphe , des colonnes , et des pyramides , nivellé
des profondeurs , corrigé , rectifié le jadis mauvais pavé de Paris , et de
ses environs , s'il y a fait , dans presque tous ses quartiers , jaillir des
sources d'eaux épurées (et c'est , selon nous , ce qu'il a fait de
mieux ,) en un mot , s'il a planté au centre de la place *Vendôme* ,
cette colonne d'une élévation prodigieuse , à laquelle il n'a pas craint
de donner le nom de *Colonne Trajane* , comme s'il y avait le moindre
rapport entre une colonne consacrée au plus tendre , au plus compatissant des humains , et celle qu'on a élevée au Néron , ou au Caligula
du siècle où nous vivons ; oui , *toutes ces prétendues belles choses* ,
qu'on ne peut , néanmoins , disconvenir être telles , et faites pour
attirer , et fixer l'admiration , choses qui , sans lui , bien assurément ,
n'auraient jamais , eu lieu , choses qui , sans lui , bien assurément ,
apprécier , en en saisissant le but , et le motif , en examinant , comme
on doit l'examiner , l'intention qui les a dirigées , quelle mérite auront-
elles aux yeux d'un Aristarque éclairé , et impartial ? Et si nous l'inter-
rogeons , si nous lui demandons ce qu'il pense de ces édifices impo-
sans , de ces trophées , de ces colonnes , de ces arcs de triomphe , etc.
Que nous répondra - t - il , sinon que c'est donner de la besogne
à la dent vorace du tems qui détruit tout , et que , dans tout ceci ,
le mortel ambitieux qui leur donna l'existence , a bien plutôt cherché
à satisfaire son amour propre , et ses goûts , à se consacrer des monumens qui , en immortalisant ses exploits guerriers , immortalisassent ,
et son nom , et sa fâme , et cette *prétendue gloire* dont son âme était
si éperduement ennivrée , qu'à y chercher le bien public , je dis , au

contraire, que *toutes ces prétendues belles choses* ne doivent, au fond, être regardées que comme autant de monumens parlans (telle la tour de Babylone,) qui ne serviront qu'à transmettre, d'âge, en âge, aux siècles à venir, et aux générations les plus reculées, le souvenir odieux d'un despotisme inoui, exercé, par lui, et par les siens, non seulement sur toutes les nations qu'il n'avait que trop malheureusement assujetties, et rangées sous son joug impérieux, mais encore sur sa propre nation, hélas ! sur laquelle il a, si impitoyablement, attiré et la désunion, et la défiance, et tout ce que la guerre, et la famine peuvent offrir de plus épouvantable à cette même nation, entièrement ruinée, le dirai-je ? Humiliée, oui, humiliée, comme on ne la vit jamais, sous ses Rois légitimes ! ! ! Encore si, de sa part, on pouvait nous citer quelque trait de bienfaisance qui pût faire époque dans les Annales de l'histoire de France, quelques sentences semblables à quantité de sentences sorties de la bouche du bon, du religieux LOUIS XVIII. et, entre autres, ces paroles si propres à émouvoir, qu'à sa rentrée dans ses Etats, et dans ses posssessions, il adressa aux Français : *Je veux tout ce qui sauvera la France!* *C'est un père qui revient parmi ses enfans* (paroles qui, écrites en lettres d'or, et mises au bas de son Portrait chéri, si digne d'être placé à côté de ceux des Louis, et des Charlemagne, doivent, en immortalisant son règne, transmettre son nom (comme les Leurs,) au Temple de Mémoire, et paroles qui, ineffaçablement gravées, sur le marbre, et l'airain, le doivent être, également, dans le cœur, et l'esprit de tout Français qui pense,) oui, dans ce cas, nous pourrions, au moins, dire : A la bonne heure ; mais nous défions, et qu'il nous soit permis de défier tous ceux qui sont à défier, de pouvoir nous produire un de ces traits, fait pour être relevé, une de ces paroles attendrissantes, propres à pallier, à colorer, en la moindre chose, des miliers de forfaits, d'attentats et d'injustices, par lui perpétrés, dans tous les cas, et dans toutes les circonstances, tandis qu'au contraire, nous citerons (passant l'éponge sur une infinité d'autres de la même nature,) de ces expressions, hélas ! qui ne peuvent que révolter les sens, et provoquer l'indignation ; les suivantes étaient ses favorites. J'ai (disait-il,) dans *mon empire*, cent mille hommes de rente chaque année !!! Quarante à cinquante mille hommes de moins, et l'Angleterre est conquise ! Autant, ou quelque chose de plus en Russie, et St.-Pétersbourg est à nous !!! Amis, répétait-il, à chaque instant, en adressant la parole à ses *invincibles* (comme il se plaisait à les appeller,) on n'a rien fait, tandis qu'il reste quelque chose à faire !!! Dans d'autres circonstances, enfin, en agir ainsi, ce serait éclypser *ma fâme*, faire une tache *à ma gloire* !!! Et les Conscrits, les malheureux Conscrits qu'on poussait en avant, *la bayonnette dans les reins*, ne les appellaient-ils pas *de la chair à canon?* Voilà cependant l'homme que certains individus n'ont pas craint de plaindre, de regretter, et de rappeler au Trône !!! *Ecce homo !!!* Et c'est ce même homme que l'on prétend, et nous le croyons ainsi, qui dans de longues écritures, par lui, récemment adressées au Gouvernement Britannique, crie *à l'injustice*, reclame, et proteste contre la prétendue rigueur avec laquelle on en a agi à son égard, alléguant, pour autoriser sa plainte : *Que s'étant, volontairement, rendu prisonnier de guerre, il aurait dû, et devrait être traité sur le pied de prisonnier de guerre.* Mr. Buonaparte a-t-il donc oublié que, lors *de sa reddition volontaire !* Sa tête proscrite, et mise à prix, n'a été sauvée qu'à la suite des bons offices, et de la magnanimité peu commune d'un ennemi, qu'il n'avait cessé de calomnier, d'accabler d'injures, et s'était efforcé, par tous les moyens possibles, de rendre odieux à toutes les nations de la terre ? Ennemi généreux, s'il en fut jamais, qui, malgré tout, n'a, dans aucun temps, voulu ni sa perte, ni sa destruction physique.

Eh ! Quelle autre réponse devrait lui faire le Gouvernement Britannique, sinon de lui offrir : Ou de le continuer à Sainte-Hélène, ou bien de le remettre dans la même position, dans la même cathégorie où il se trouvait à Rocheford ? Avec combien d'empressement ne le verrions-nous pas remonter *le Bellerophon*, et préférer à ce bienfaisant, à cet hospitalier *Roche—ford*, et ses roches, et ses rochers, et son *fond de cuve* de Sainte-Hélène ? Où, à la liberté près, il jouit de tous les avantages, dont tout autre, à sa place, n'aurait jamais eu le bonheur de jouir ?

Une Société de vrais ROYALISTES s'égayant à table, sur le retour du ROI, le Président, après en avoir fait la motion, universellement accueillie, leur chanté les Couplets suivans :

HYMNE A LA BIENFAISANCE.

AIR *de Henri Quatre,* parodié.

(1.)

Amis, ah ! Dans ce jour prospère,
Et jour qui nous en fait la loi,
Que chacun prenne en main le verre,
Et boive à la santé du ROI :
    Boive, à pleine tête,
Et, dans ce beau jour, tout Paris,
Avec nous chante, et la France répète :
  Vive LOUIS! Vive LOUIS!!!

(2.)

Alors que ce jour mémorable,
Doit rapprocher tous les esprits,
Par nos chants, égayons la table ;
Plus de chagrins, plus de soucis :
    Mais, à pleine tête,
Dans un jour si beau pour Paris,
Que Paris chante, et la France répète :
  Vive LOUIS! Vive LOUIS!!!

(3.)

Dans les bras du plus tendre *Père*
Qu'il ouvre à *ses Enfans* chéris,
Puisse la France toute entière,
Les voir, à jamais, réunis !!!
    Et, qu'à pleine tête,
Dans un jour si beau pour Paris,
Tout Paris chante, et la France répète :
  Vive LOUIS! Vive LOUIS!!!

(4.)

Non, plus de fiel, plus de discorde,
Plus d'aigreur, plus d'inimitié :
C'est la Fête de la Concorde,
Et c'est celle de l'Amitié :
    Donc à pleine tête,
Dans ce jour, puisse tout Paris
S'écrier, pour couronner cette Fête,
  Vive LOUIS! Vive LOUIS!!!

(5.)

Oublions jusqu'aux moindres traces
De nos peines, de nos malheurs,
Dans le vin, noyons nos disgraces,
Quand un Titus sèche nos pleurs,
    Et, qu'à pleine tête,
Dans un jour si beau pour Paris,
Tout Paris, toute la France répète :
  Vive LOUIS! Vive LOUIS!!!

(6.)

Après une si longue absence,
Lorsqu'on revoit un Roi si bon,
Sur son retour peut cette France
Ne pas chanter à l'unisson ?
    Oui, qu'à pleine tête,
Dans un jour si beau pour Paris,
Avec Paris, Elle chante, et répète :
  Vive LOUIS! Vive LOUIS!!!

(7.)

Quand à son auguste Présence,
Renaissent les mœurs, et les ris !
Qu'on ne retrouve plus, en France,
Que des Français, de vrais amis !!!
    Pour lors, quelle Fête!
Pour nous d'entendre tout Paris !
De l'entendre chanter, à pleine tête :
  Vive LOUIS! Vive LOUIS!!!

(8.)

Quand la Paix, jusqu'au bout du monde,
Transmet la palme, l'olivier,
Et, que sur la terre, et sur l'onde,
Elle a su tout tranquilliser,
    Ah ! Qu'à pleine tête,
Sous son empire tout Paris,
Tout Paris chante, et la France répète :
  Vive LOUIS! Vive LOUIS!!!

(9.)

Que son Règne heureux nous rapèle
Le siècle d'or du bon Henri !
Celui d'un Trajan, d'un Aurèle,
Autant qu'Eux Trois qu'il soit chéri !!!
    Et, qu'à pleine tête,
Dès ce jour, si beau pour Paris,
Tout Paris chante, et la France répète :
  Vive LOUIS! Vive LOUIS!!!

(10.)

A tant de traits de Bienfaisance,
Puissent les Cieux s'intéresser,
Et sur Elle, puisse la France
Le voir, en paix, long-temps régner !
    Voir, dans cette Fête,
Qu'en triomphe, et de bonne foi,
Avec Elle Paris chante, et répète :
  Vive le ROI! Vive le ROI!!! (Bis.)

SOUSCRIPTION
Par Ordre Alphabétique,

(Les Princes, et Princesses exceptés.)

Depuis l'An 1802, jusqu'à la présente Année 1817.

1815.	1816.	1817.
Le *Non plus ultrà*, ou le *Nouveau Robinson Crusoë*, dans son Ile.	La *Carcasse, ou Charpente de Woolwich;* et *Buonaparte aux prises avec Blucher,* et *Wellington.*	Le *départ de Londres,* ou *Tribut de reconnaissance, remercimens, et derniers adieux,* etc.

FAMILLE ROYALE.
DUCS d'York,
de Kent,
de Cambridge,
de Cumberland.
DUCHESSES d'York,
de Cumberland.
d'Oldenburg.
PRINCESSES de Galles,
Charlotte de Galles,
Saxe-Cobourg,
S. A. R. Douairière d'Orange,
Sophie de Gloucester,
S. M. le Roi des Pays-Bas, pour lors, à Londres.
PRINCES d'Orange, (*senior*)
d'Orange, (*junior*)
De Saxe-Cobourg Saarfield,
LL. AA. R. et S. d'Orléans,
S. A. S. Prince de Condé,
S. A. S. Duc de Bourbon,
William de Prusse,
Frédérick de Prusse,
Prince Von Blucher,
Prince Wolousky, *Russe.*
Prince Héréd. de Mecklenburg,
Prince de Wurtemberg, aujourd'hui (Roi de)
HAUTE NOBLESSE.
DUCS de Buccleugh,
de Devonshire,
de Gordon,
de Marlborough,
DUCHESSES d'Argill,
de Buccleugh,
de Devonhire,
de Richmond.
HAUTE CLERGÉ.
ARCHEVÊQUES de Cantorbery,
d'York.
ÉVÊQUES de Bath and Wells,
de Chichester,
de Cloyne,
de Salisbury,
de Winchester,
Doyen de Westminster.

AMBASSADEURS d'Autriche,
Prince, et Princesse d'Esterhazy,
d'Angleterre,
de Bavière,
de Dannemarck,
d'Espagne,
de France,
de Hollande,
de Portugal,
de Prusse,
de Russie,
de Wurtemberg,
S. E. l'Ambassadrice de la Grande Bretagne.
MARQUIS de Bath,
de Blandford,
de Bute,
de Camden,
de Hertford,
de Wellesley.
MARQUISES de Bath, Dowager.
d'Exeter,
de Hertford,
de Tavistock,
de Waterford.
COMTES Aberdeen,
Ashburnham,
Breadalbane,
Carlisle,
Cowper,
Darnley,
Dartmouth,
Digby,
Fife,
Hardwick,
Harrington,
Liverpool,
Ormond,
Plymouth,
Poulett,
Rossyln,
Spencer,
Stair,
Stamford,
Upper Ossory,

COMTES Waldegrave,
 Winchelsea.
COMTESSES Ailesbury,
 Carlisle,
 Coventry,
 Cowper,
 Essex,
 Harcourt, (*Dow.*)
 Harrington,
 Liverpool,
 Westmorland.
VICOMTES Deerhurst,
 Dudley and Ward,
 Ossulton,
 Wentworth (*dead.*)
VICOMTESSES Cremone,
 Dillon,
 Melbourne.
LORDS Amherst,
 Bentinck (*William.*)
 Bective,
 Bolton,
 Boston,
 Brownlow,
 Burghursh,
 Eardley,
 Grant,
 Grantham,
 Grantley,
 Guildford,
 Middleton,
 Spencer (Francis.)
 St.-Helens,
 Thurlow,
 Willoughby de B. (*dead.*)
 Yarborough,
LADIES Cecil (Sophia,)
 Crauford (Linsay,)
 Goldworthy (*dead.*)
 Huskisson (*Wood office*)
 Jerningham,
 Keith,
 Saltoun,
 Char. Sutton,
 Tilney Long,
 Willoughby.
AMIRAUX Keats,
 Saumarez.
MESDAMES Cleaver,
 Evrette,
 M. Hope (Manfield-Street,)
 Macnamara,
 Rendall,
 Venables,
 Wellesley Long,
 Wheelers.

MISSES Jennings,
 Macleod,
 Gemme.
HONORABLES
Bathurst (Bragge, M.P.)
Hood,
Lamb (M.P.)
North (Fred.)
Pelham,
Robinson (Fred.)
Ryder.
BARONNETS.
Englefield,
Fludyer,
Frederick (John.)
Hippisley (Cox.)
Hume (Abr.)
CHEVALIERS.
Earles (Sir James.)
Halford (Sir H.)
Noël (Sir Ralph.)
Ousley (Sir Gore.)
OFFICIERS.
Fergusson (Gen.)
Haythorpe (Col.)
Hill, Lord (Gen.)
Hill (Col.)
Howard (Col.)
Langton, Gore (Col.)
Longfield (Col.)
Taylor (Gen.)
MESSIEURS.
Ansley (late Lord Mayor.)
Baring (Thos.)
Baring (Hen.)
Baillie (Doct.)
Cox (Gros. Place.)
Cleaver,
Ellis (John.)
Earle (Surg.)
Evrette (William.)
Fitzhugh, Esq.
Freeling (Francis.)
Gascoin (Surgeon.)
Goodwin (George.)
Grant (East India Campagny.)
Greenwood,
Halliday,
Hammersley
Hope (P.)
Hope (Thos.)
Maitland (Fluenz)
Maxwell,
Penn (John.)
Robarts) Bank. (*dead.*)
Warenne (Piccadilly.)
Watts (P.)

ERRATUM.

Page 10, *vers* 11, son puissant égide, *lisez* sa puissante égide.

www.ingramcontent.com/pod-product-compliance
Lightning Source LLC
Chambersburg PA
CBHW061654180626
46818CB00003B/1094